살고 싶다,
사는 동안 더 행복하길 바라고

일러두기

1. 이 책에 나온 인용 글은 모두 영문을 기준으로 지은이가 번역한 것입니다.
   따라서 국내에 번역되어 나온 책의 제목, 문장과 다를 수 있습니다.
2. 이 책에서는 비인간 동물의 다양성과 개별성을 인지하여 모든 비인간 동물을
   '마리'가 아닌 '명'의 단위로 표기했습니다.

전범선
비거니즘
에세이

살고 싶다, 사는 동안 더 행복하길 바라고

동물 학대, 성차별, 기후 위기
인간만 나대지 않으면…
지구를 말아먹기 일보 직전인
인간 동물들에게

포르*체

내게 사랑의 씨앗을 준
어머니 임인숙에게

차례

"사랑은 자연스러운 것이 아니다. 훈련, 집중, 인내, 믿음, 그리고 자기중심
주의를 극복하는 것이 필요하다. 사랑은 감정이 아니라 실천이다."

_ 에리히 프롬, 《사랑의 기술》, 1956.

어떻게 살 것인가? 인문학의 영원한 질문이다. 역사를 통틀어 수많은 답변이 있다. 그것을 종교라고도 하고, 철학, 신념이라고도 한다. 자연히 사람마다 다르며, 시대에 따라 바뀌기 마련이다. 나의 경우에는 하루에도 몇 번씩 바뀐다. 인스타그램을 보다 보면 나도 누구누구처럼 부와 명예와 권력을 누리고 싶다는 욕망이 생긴다. 그러다 뉴스를 보면 답답한 세상에 대한 분노가 치밀어 오른다. 가끔은 다 때려치우고 산속에 들어가 조용히 살고 싶다. 무엇이 좋은 삶인가? 나는 정답을 모른다. 그래서 계속 좇는다.

돌아보니 이십 대는 자유를 위해 살았다. 대학에서 자유주의의 역사를 공부했다. 자유롭게 살고 싶어서 예술가의 길을 택했다. 나뿐만 아니라 느끼는 모두의 자유가 중요하다고 생각하여 채식주의자가 되었다. 인디 밴드와 비건운동과 독립책방과 독립 출판을 하면서 내 뜻대로 살았다. 작년에 출간된 나의 첫 산문집 제목은 《해방촌의 채식주의자: 휘뚜루마뚜루 자유롭게 산다는 것》이다. 그 책에서 나는 눈치 보지 않는 삶을 예찬했다. 눈치를 보지 않아야 내가 진짜로 원하는 게 무엇인지 알 수 있다. 자유란 곧 눈치를 보지 않는 것이다.

그런 책을 쓰고 나니 내가 엄청 눈치 없는 사람 같았다. 당시 한국 사회가 내게 주로 던지는 질문은 "왜 그러고 사는가?"였다. 자사고 출신 아이비리그 유학생이라는 전형적인 엘리트의 길을 벗어나 로큰롤과 비거니즘을 외치는 나를 수상히 여겼다. 스스로 변명할 일이 많았다. 나는 자유라는 화두로 이야기를 풀었다. 내가 미국과 영국을 겪고 한국에 돌아와 진로를 택하려니 자유가 가장 아쉬웠다. 집단주의적이고 획일화된 나라에서 자유롭게 산다는 것이 무슨 뜻인지 고민했다. 지극히 개인적인 사유였다. 출간된 책을 다시 읽고, 언론에 비친 나의 모습을 보았다. 전범선은 이 땅에서 최대한 자유롭게 살려고 몸부림치는 청년이었다. "불행 대신 불안을 택했다."는 그의 선언은 패기와 치기의 경계에 서있었다. 자칫하면 철부지 같아 보였다.

나는 자유지상주의자가 아니다. 자유는 분명 내게 소중한 가치지만 그것이 전부는 아니다. 군 복무 중이던 2016년부터 2018년까지는 솔직히 자유가 제일 중요했다. 하지만 이후 한국 사회의 흐름을 읽고 변화의 물결을 꿈꾸면서 나는 자유를 논하는 것이 조심스러워졌다. 나의 특권을 자각할 때가 많았기 때문이다.

시작은 2019년 소위 '조국 사태'였다. 조국 전 장관의 딸, 조민은 나의 동갑내기 친구다. 내가 민족사관고 밴드부 보컬일 때 민은 한영외고 밴드부 드러머였다. 스무 살 때 홍대 앞에서 같이 공연을 하기도 했다. 가깝지는 않았지만 가끔씩 연락하고 지냈다. 사태가 터지기 직전에도 오랜만에 만나서 회포를 풀었다. 나는 친구가 갑자기 국민적 공분의 대상이 되는 것을 지켜보며 심히 혼란스러웠다. 객관적으로 상황을 이해하려 노력했다. 한편으로는 대표적인 진보 지식인의 위선이 드러났기에 실망했다. 다른 한편으로는 민을 향해 쏟아지는 인신공격과 사생활 침해에 치를 떨었다.

사태는 무엇보다 나의 출신 성분을 되돌아보게 만들었다. 나는 고등학교 시절 친구들을 보며 상대적 박탈감을 느꼈다. 강원도에 있는 학교였지만 동기 중에 강원도 출신은 나 혼자였다. 대부분 수도권 출신이었고 부모님이 의사, 변호사, 교수, 대기업 임원이었다. 민처럼 부모님 덕에 인턴십을 하는 일은 다반사였다. 해외 봉사 활동을 가거나 대학 연구에 참여하는 것도 흔했다. 나의 아버지는 춘천에서 자동차 부품 대리점을 운영했다. 내가 아버지와 함께 부품을 배달하는 것은 대학 진학을 위한 '스펙'으로 인정되지 않았다. 하지만 내 친구 아무개가 아버지를 따라 대형 로펌에 나가면 그것은 인턴십이 되었다. 친구들과 비교했을 때 나는 정말 노력파이고, 개천에서 용 난 케이스라고 자부했다.

다트머스 대학교에 진학하자 나의 계급의식은 더욱 투철해졌다. 유학생 중에는 재벌, 준재벌 출신이 많다. 나는 자격지심으로 학업에 더욱 정진했다. 나보다 큰 권력과 재력을 가진 이들을 보면서 더 노력해서 능력을 기르겠다고 다짐했다. 사다리를 타고 부지런히 올라가는 입장이었다. 나는 고등학교부터 대학교, 대학원을 거치면서 계속 위만 바라봤다. 그래서 나의 특권에는 둔감했다. 하루는 옥스퍼드에서 주변을 둘러봤는데 나 혼자 동양인이고 다 백인이었다. 그중에는 실제 작위를 가진 귀족도 있었다. 그런 곳에서 내가 특권 계급에 속한다고 생각하기는 힘들었다. 강원도 촌놈이 참 멀리까지 왔다고 스스로 다독였다.

졸업 후, 생계를 위해 압구정에서 학원 강사로 일했다. 드라마 〈SKY 캐슬〉은 현실과 멀지 않다. 나는 그보다 더한 '아이비 캐슬'의 입시 코디였다. 미국 수능 시험 SAT 문제 유출을 목격했고, 없는 스펙도 만들어내는 유학 컨설팅을 경험했다. 부모의 경제 계급이 자녀에게 어떻게 대물림되는지 보았다. 원장은 내게 얼굴도 모르는 고등학생의 자기소개서를 대필하라고 요구했다. 나는 그날 곧장 퇴사했다.

솔직히 나는 민이 다른 친구들에 비해 엄청난 특혜를 누렸다고 생각하지 않았다. 그가 불공정 경쟁을 했기 때문에 의사로서 무능력하리라고 믿지도 않았다. 나는 그보다 훨씬 무능력한 사람이 훨씬 불공정한 경쟁으로 승리하는 것을 많이 보았다. 그보다 훨씬 큰 특권을 가졌기에 애초에 경쟁에 참여할 필요도 없는 사람을 많이 만났다. 그래서 처음에는 민에게 쏟아지는 뭇매가 과하다 싶었다.

하지만 민에 대한 여론을 살피며 나는 자성했다. 내가 느낀 상대적 박탈감은 아무것도 아니었다. 아무리 내가 강원도 출신이고 아버지가 고졸 자영업자더라도, 학비가 그리 비싼 고등학교와 대학교를 다닐 수 있었다는 사실 자체가 특권이었다. 내가 속한 세계에서는 민의 문제가 특별하지 않다는 것이 그 세계의 특별함을 증명했다. 한국에서 나는 매우 운이 좋은 편이었다. 노력이 능력과 학력으로 전환될 수 있는 환경에서 태어났다. 경제적, 심리적으로 안정된 부모님의 하나뿐인 아들이었다. 그래서 사다리에 올라탈 엄두를 낼 수 있었다.

조국 사태의 여파로 정부가 자사고와 특목고를 폐지한다고 했을 때, 나는 찬성했다. 모교가 사라지는 것은 매우 슬픈 일이다. 나는 민사고에서 정말 행복했다. 하지만 내가 누린 혜택이 정의롭다고 보기는 힘들었다. 부모님의 희생과 나의 노력으로 얻은 기회였고 그 과정에서 한 점 부끄러움도 없었지만,

특권은 특권이다. 학비가 2천만 원이 넘는 고등학교는 재력을 능력으로 환산하는 현장이다. 미국의 아이비리그나 영국의 옥스브리지도 마찬가지다. 계급의 대물림이 주된 기능이다.

요즘 능력주의가 화두다. 진보와 보수가 한목소리다. 능력주의는 공정한 경쟁을 전제로 한다. 노력이 능력이 되고 능력이 재력과 권력이 될 수 있어야 한다. 하지만 현실은 전혀 그렇지 않다. 노력만으로 능력을 얻기 힘들다. 반대로 재력과 권력은 쉽게 능력이 된다. 능력주의의 가장 뻔한 문제는 운을 과소평가한다는 점이다. 일단 부모의 재력, 권력, 능력은 완전히 운이다. 개인의 정신적, 육체적 능력도 대부분 운이다. 각자의 능력 중 과연 몇 퍼센트가 순전한 노력의 결과인지 의문이다. 절반도 안 될 것이다. 출발선이 다르기 때문에 처음부터 공정한 경쟁이란 불가능하다.

출발선이 같아도 문제다. 시합의 룰이 랜덤이기 때문이다. 즉 사회가 인정해주는 능력의 종류가 임의적이다. 예를 들어 지금은 컴퓨터 게임 하는 능력이 재력으로 이어질 수 있지만 백 년 전에는 그렇지 않았다. 내가 태생적으로 가진 능력과 사회가 원하는 능력이 겹치는 것은 나의 능력 밖이다. 다시 말해, 운이다. 따라서 공정한 경쟁이 보장되어도 능력주의는 정의롭기 힘들다.

내가 가진 것이 '운빨'이고, 사회적으로 정의롭지 않다고 말하면 기분 나쁘다. 나의 노력이 부정당하는 것 같고, 괜히 죄의식을 자극하기 때문이다. 그래서 능력주의 사회에서 승리한 사람은 자신의 성취가 운에 의한 것이라고 믿지 않는다. 자신의 권위와 권력이 특권이라고 생각하지 않는다. 성공의 원인에는 나의 부단한 노력만이 있을 뿐이며, 합당한 권리라고 확신한다. 과학고와 하버드대를 나온 30대 보수 야당 대표는 자신의 학창 시절을 "완벽하게 공정한 경쟁이었다."고 회고했다.

내 인생의 가장 큰 운빨은 민사고와 다트머스와 옥스퍼드를 나온 것이 아니다. 북한이 아닌 남한에서 태어난 것, 여성이 아닌 남성으로 태어난 것, 성소수자가 아니고 비장애인이라 차별받을 일이 없었다는 것부터가 엄청난 특권이다. 그것만으로도 나의 출발선은 남보다 훨씬 앞에 있었다. 하지만 나의 가장 큰 특권은 따로 있다. 바로 인간으로 태어난 것이다. 현대사회를 살아가는 동물 중에서 인간은 소수의 지배계급이다. 절대다수는 인간이 먹기 위해 만들고 가두고 죽이는 비인간 동물이다. 우리는 인간으로 태어났다는 이유만으로 다른 생명체를 함부로 대할 권리가 있다고 믿는다. 내가 비교적 안정적인 집안에 비장애인 이성애자 남성으로 태어난 것이 나의 노력과 아무 상관이 없듯이 인간으로 태어난 것도 마찬가지다.

오늘날 인간중심 사회는 결정적 위기에 봉착했다. 코로나19를 시작으로 우리는 본격적인 기후생태위기를 목도하고 있다. 지금처럼 인간이 특권을 남용하며 탄소를 배출하고 생태를 파괴하면 문명의 존속 자체가 위험하다. 우리는 이제 겸허히 인정해야 한다. 인간으로 태어난 것은 벼슬이 아니다. 불알 차고 나온 것이 벼슬이 아닌 것처럼 말이다. 페미니즘이 남성중심 사회를 해체하여 성 평등 사회를 이루고자 한다면 비거니즘은 인간중심 사회를 해체하여 종 평등 사회를 이루고자 한다. 진보는 약자에 대한 배려에 그쳐서는 안 된다. 약육강식과 경쟁을 넘어 공존과 사랑으로 나아가야 한다.

공정한 경쟁이란 결국 승자의 정의다. 어떤 능력이 중요하고 어떤 경쟁이 공정한지는 승자가 정한다. 패자에게 조금 더 은혜를 베푼다고 해서 다르지 않다. 승자와 패자가 있을 수밖에 없다는 전제 하에, 싸움이 공평하고 올바른지만 따진다. 절대 다수인 패자가 결과에 승복해야 사회가 유지되기 때문이다. 공정은 승리를 정당화하고 패배를 수긍하게 만드는 장치다. 그래서 우리는 비인간 동물의 처우를 이야기할 때 공정을 운운하지도 않는다. 그들은 진작 인류와의 전쟁에서 패배한 포로이자 노예이기 때문이다.

현대사회는 왜 돌고래의 초음파 능력이나 소의 되새김질 능력, 치타의 달리기 능력을 높이 사지 않는가? 분명 인간보다 훨씬 뛰어난 능력을 가졌거늘 왜 수족관과 축사와 동물원에 가두는가? 인류의 힘이 미약했던 과거에는 동물의 초인간적 능력을 곧잘 숭배했다. 하지만 과학 문명이 고도로 발달한 지금, 인간이 정한 생존 경쟁의 규칙에서 중요한 능력은 오직 '이성적인가?'이다. 이성이란 결국 분류하고, 계산하고, 판단하고, 비판하는 능력이다. 나누고, 가르고, 옮기고, 싸우는 능력이다. 다시 말해, 정복하고 지배하는 능력이다. 인간처럼 이성적이지 않다는 이유만으로 우리는 동물을 거리낌 없이 착취한다. 대한민국에서만 매년 12억 명이 넘는 동물이 학살된다. 공정과 정의는 어디 있는가?

꼭 능력을 따져야겠다면 가장 중요한 능력은 따로 있다. 바로 고통을 느끼는 능력이다. 제레미 벤담이 1789년 《도덕과 입법의 원리 서설》에서 일찍이 지적했듯이 문제는 그들이 '사고할 수 있는가?' 또는 '말할 수 있는가?'가 아니라, '고통받을 수 있는가?'이다. 우리는 모두 고통 앞에 평등하다. 누군가 고통받고 있다면 보호받아야 마땅하다. 다른 능력이 부족해도 상관없다. 아픔과 슬픔, 괴로움과 두려움을 느낄 수 있는 존재라면 그 능력만으로 충분히 윤리적 대우를 받

을 권리가 있다. 말 못하는 갓난아이도 아프다고 울면 안아
주는 게 인지상정이다. 말 못하는 동물이라고 다를 바 없다.
지금 지구는 많이 아프다. 정확히는 지구에 사는 모든 생명
체가 아프다. 제6차 대멸종기(인위적 원인에 의한 동·식물종 대
량 급감)를 겪고 있다. 인류는 더 이상 경쟁하는 능력을 따질
때가 아니다. 누가 누가 얼마나 아픈지 챙기고 함께 아파할
때다.

　기후생태위기는 능력주의로 극복할 수 없다. 공정한 경쟁
으로 해결할 수 없다. 애초에 능력주의가 자초한 문제이기
때문이다. 능력주의는 아무리 공정해도 결국 경쟁하는 능력,
그러니까 이기고 정복하는 능력을 선택한다. 이는 허버트 스
펜서 이후 시장주의에 뿌리내린 적자생존의 신화다. 생존경
쟁은 불가피하다는 사회적 다윈주의. 능력주의는 사회를
거대한 싸움으로 치부한다. 약육강식의 논리를 당연하다는
듯이 적용한다. 하지만 알다시피 인생은 결투가 아니다. 우리
는 이기려고 살지 않는다. 적당히 고통스럽고 적당히 행복하
다가 죽는 게 목표다. 사랑을 주고받으며 살다가 가는 게 다
다. 인생에서 사랑보다 경쟁을 중요시하는 사람이 있을까?
그럼에도 능력주의는 절대 사랑하는 능력을 높이 사지 않는
다. 경쟁하지 않는 능력, 져주는 능력, 한쪽 뺨을 맞았을 때

다른 뺨을 내미는 능력을 선택하지 않는다. 돌봄 능력, 공감 능력, 환대 능력, 애도 능력을 쳐주지 않는다. 그런 능력자는 애초에 경쟁에서 승리하려 하지도 않거니와, 승리해도 공정 따위를 운운하지 않는다.

나는 공정한 사회에 살고 싶지 않다. 자유롭고 평등한 사회에 살고 싶다. 공정은 거래나 싸움을 수식할 때나 쓰는 말이다. 예를 들어 공정한 사랑은 사랑이 아니다. 자유롭고 평등한 사랑만이 사랑이다. 공정한 부모나 국가는 무섭다. 나는 사랑이 넘치는 사회를 꿈꾼다. 승자와 패자가 따로 없는 대한민국을 원한다. 진보와 보수가 하나같이 공정한 경쟁을 외치는 것은 모두가 시장주의자가 되었다는 뜻이다. 공정은 철저한 시장 윤리다. 지난 세기까지만 해도 진보는 결과의 평등을 주장했다. 보수는 현실주의에 근거하여 전통적 가치를 옹호했다. 하지만 오늘날 자칭 진보와 보수는 누가 더 공정한지, 덜 위선적인지를 두고 경쟁할 뿐이다. 사회주의와 보수주의 없는 자유주의 내부의 갑론을박이다. 정치적 상상력의 부재가 아쉽다.

오늘도 한국 사회가 지속되는 건 자의식 과잉된 소수의 경쟁력 때문이 아니다. 묵묵히 타자의 불안과 상처를 어루만져주는 사랑의 능력자들 덕분이다. 지금 우리는 사랑하는 능력을 키울 때다. 정복하고 지배하고 착취하는 대신, 경청하고 공감하고 인내하는 훈련이 필요하다. 아픔을 나누는 연습, 사랑하는 능력이 절실하다.

나는 실력 미달이다. 사랑은 글쓰기나 노래만큼 기술이 필요한 일이다. 이론도 공부해야 하고 요령도 터득해야 한다. 나는 한국, 미국, 영국에서 제일 좋다는 학교에 입학하기 위해 정말 부지런히 공부했다. 석사 학위를 받을 때까지 주로 경쟁하고, 승리하고, 예측하고, 비판하는 능력을 키웠다. 근대 문명은 기본적으로 협력보다 경쟁, 순환보다 성장, 돌봄보다 정복, 감성보다 이성을 중시한다. 자본주의, 가부장제, 육식주의를 지탱하는 능력을 육성한다. 내가 학교에서 배운 지식과 기술이 거의 그렇다. 그래서 나는 사랑학에 있어서는 완전히 문외한이다. 매일 실패하고 실수하며 배우고 있다.

어머니가 보살펴준 것처럼, 지구가 베풀어준 것처럼, 묻지도 따지지도 않고 사랑하는 일이 나에게는 어렵다. 주는 만큼 받고 싶다. 괜한 기대를 하다 쉽게 서운해진다. 하지만 나의 사랑 실력은 나아질 것이다. 가족, 애인, 친구, 동지, 나아가 지구촌 모든 생명과 무기물까지도 사랑하고 싶다. 기후생태위기를 살아가며 우리는 점점 불안해지고, 자유를 상실할 것이다. 앞으로 의지할 것은 사랑과 연대뿐이다.

이십 대는 자유를 위해 살았다면 삼십 대는 사랑을 위해 살고 싶다. 사랑초등학교에 갓 입학한 신입생으로서 새 학기를 맞이한다. 나를 비우고, 특권과 자존심, 자의식을 버리고, 그 자리에 사랑을 채워 넣는 공부를 한다. 눈치 보지 않고 휘뚜루마뚜루 살았던 내가 세상 돌아가는 눈치를 본다. 사랑이란 눈치를 보는 일이다. 우리 모두의 하나뿐인 집, 지구에서 함께 고통받고 살아가는 식구의 안위를 챙기는 것이다. 사랑은 능력주의가 아니다. 공정한 경쟁이 아니다. 자유와 평등이다. 그렇기 때문에 지금, 사랑은 비거니즘이다.

이 책의 초고는 2021년 첫 열흘 동안 경상남도 산청군 지리산 자락에서 썼다. 애인과 단둘이 산속 황토집에서 핸드폰을 끄고 지냈다. 코로나 시대의 《데카메론》처럼 하루에 하나씩 이야기를 떠올렸다. 어떻게 살 것인가? 아니, 어떻게 사랑할 것인가? 산청에서 나에게 사랑은 비거니즘이자 페미니즘이었고, 평화주의이자 생태주의였으며, 요가이자 로큰롤이었다. 끊임없이 연구하고 연습하며 실천하겠다고 다짐한다. 나를 사랑하고 동물을 사랑하고 지구를 사랑하는 능력, 삶과 생명을 사랑하는 능력을 갈고닦을 것이다. 진짜 공부는 이제 시작이다.

"채식주의자가 된 남자들은 남성의 성역할 중 가장 본질적인 부분에 이의를 제기한다. 그들은 여성의 음식을 선택하고 있는 것이다. 어떻게 감히?"

_ 캐럴 제이 애덤스, 《육식의 성정치》, 1990.

하
루

페미니스트 애인과
나의 자존심

지지가 잠들었다. 이제 글을 쓸 수 있다. 2021년 1월 1일, 늦은 다섯시 즈음, 나는 지금 산청의 어느 황토집 부엌에 앉아있다. 원래는 서울을 떠나기 전날 밤부터 나의 생각을 적으려 했다. 해방촌에서 원고를 쓰기 시작하면서 송구영신하려 했다. 하지만 나와 지지의 연애담이 늘 그렇듯, 밤은 예상치 못한 방향으로 흘러갔고, 그래서 기대한 것보다 훨씬 황홀한 새벽을 맞이했다. 지지는 페미니스트다. 그는 고작 두 달 만에 나의 존재를 뒤흔들어 놓았다.

지난 10월, 한남동의 어느 비건 식당에서 지지를 처음 만났다. 주문 마감 시간이 여덟시 반인데 그는 여덟시 십오분이 되어도 나타나지 않았다. 약속 시간은 여덟시였다. 전화도 받지 않았다. 나는 괜히 코코넛 워터를 홀짝거렸다. 바 옆자리에 앉은 두 사람이 흘깃 쳐다봤다. 그들 앞에는 오스트리아의 사상가 이반 일리치의 《젠더》가 놓여 있었다. 종업원은 계속 내게 주문하라는 눈치를 주었다. 점점 민망해지는 가운데, 옆 사람이 말을 걸었다.

"혹시 전범선 씨세요?"

내 음악을 잘 듣고 있다고 했다. 나는 "재미난 책 읽으시네요. 풀무질도 한번 놀러 오세요."라는, 인사치레를 던졌다.

'오늘도 밥 먹으면서 말 조심해야겠구나.'

이래서 비건 식당에 가면 신경이 쓰인다. 나는 그다지 유명한 가수도 작가도 아니며, TV에 가끔 나오지만 그렇다고 연예인이라고 부를 만한 인지도는 없다. 친구의 말에 따르면, 나는 '안 유명한 사람들 중에서 유명한' 사람이다. '안 유명한 사람들'이라고 하면 주로 서브 컬처, 시민운동 등 대한민국에서 비주류로 치부되는 영역에 속한 사람들을 뜻한다. 나는 직업 특성상 삐딱한 이들을 많이 만나게 된다. 이 바닥에서 돌아다니다 보면 홍대나 이태원이나 결국 고인 물이고, 한 다리 건너면 다 아는 사이더라. 특히 비건 식당에 가면 일단 내가 사장님을 아는 경우가 태반이고, 손님 중에도 꼭 이렇게 내가 알거나 나를 아는 사람이 한두 명쯤은 있다. 오늘 식사 역시 프라이버시 없이 진행될 수순이다. 물론 십 분 안에 지지가 온다면 말이다.

내가 일면식도 없는 사람에게 인스타그램으로 데이트를

신청한 것은 이번이 처음이다. 나는 그 흔한 미팅, 소개팅도 해본 적이 없고 틴더 같은 데이트 어플 계정도 없다. 연애는 꾸준히 해왔지만 지난 연인들은 항상 자연스럽게 만난 사이였다. 그런데 이번에는 사회 관계망 서비스의 도움을 받아서라도 이 사람을 만나야 할 것 같았다. 내가 당장 외롭거나 연애를 하고 싶은 상황은 아니었다. 이전 애인과 헤어질 때 나는 너무 바빠서 일과 연애를 병행하기 힘들다는 어설픈 핑계를 댔다. 진심이었다. 벌여놓은 일이 많으니 한동안은 스스로에게만 집중하자고 결심했다. 연애도 사업인데, 제대로 할 거 아니면 시작하지 않는 것이 나에게도 좋고 상대방에게도 예의였다.

지지를 만난 이유는 내가 온전해지고 싶어서였다. 나는 정체성의 분열을 겪고 있었다. 낮과 밤, 운동과 예술, 이성과 감성, 성균관과 해방촌. 삶이 이분되어 있었다. 나는 글 쓰고 노래하는 사람이다. 낮에는 주로 글을 쓴다. 성균관대학교 앞에는 책방 '풀무질', 출판사 '두루미', 동물권 단체 '동물해방물결'이 모여있다. 나는 그 셋과 함께 비거니즘 담론을 생산한다. 책을 번역, 저술하고 잡지를 발행한다. 성균관 앞에서 선비질 하는 꼴이다. 그러다 밤에는 해방촌에서 밴드 '양반들'과 함께 로큰롤 음악을 만든다. 둥가둥가 한량질을 일삼는다.

나의 낮과 밤은 공간적으로, 인적으로 상당히 분리되어 버렸고, 하는 일도 서로 동떨어져 있었다. 나에게는 모두 같은 일인데—결국 자유, 사랑, 평화를 위한 일인데—가수, 작가, 사업가, 활동가 등 여러 이름으로 불리었다. 나는 이것저것 가리지 않고 닥치는 대로 마구 해치웠다. 정신이 없었다. MZ 세대에게 ADHD는 감기처럼 흔한 질병이다. 나는 요즘 유행하는 'N잡러'가 되고 싶지도 않았고, '부캐'를 키우고 싶지도 않았다. 그저 온전해지고 싶었다. 그러기 위해서는 사랑을 노래하다가 신문 칼럼을 쓰기도 하고 거리에 나가 구호를 외치기도 해야 했다. 온전해지려고 하는 일인데 오히려 분열되고 분산되었다. 가는 곳마다 스스로를 설명해야 했다. 이쪽에 가서는 저것에 대해서, 저쪽에 가서는 이것에 대해서 변명했다. 자아가 두 개, 때로는 그 이상 되는 것 같았다. 내가 뭐하는 사람인지 나도 점점 헷갈렸다.

그러다 지지를 알게 되었다. 내가 그의 존재를 눈치챈 건 밸런타인데이 때였다. 동물해방운동을 하는 동지들이 밸런타인데이 때 폭발적으로 증가하는 초콜릿 소비에 반대하는 행동을 벌였다. 달콤한 사랑의 선물로 광고되는 상품 이면에 숨겨진 폭력을 고발했다. 초콜릿은 대부분 소젖이 들어가기 때문에 '젖소'의 강제 임신과 착유, 모성 착취 등으로 인한 고통을 야기한다. 세종문화회관 계단 앞에서 십여 명의 활동가가 상의를 탈의하고, 상반신에 피를 연상시키는 붉은색을 칠한 뒤, 비장하게 성명서를 낭독했다. 나는 기사의 사진으로 현장을 접했다. 가장 오른쪽에서 스모크를 들고 서있는 혁명가의 눈빛이 번뜩였다. 페이스북에서 보니 이름은 편지지였고, 사진, 영상, 퍼포먼스, 모델을 넘나드는 예술가로 추정되었다. "행동주의 예술가, 사랑하는 페미니스트. 젠더는 수행적이다."라고 스스로 소개했다. 시위도 행위 예술의 일환으로 하는 것 같았다.

나는 예술과 운동의 접점을 함께 고민할 친구를 원했다. 온전히 이해받고 분열된 나의 삶을 통합하고 싶었다. 그래서 지지에게 연락했다.

"안녕하세요. 지지예요. 편지지. 늦어서 죄송해요."

젖은 머리를 싹 뒤로 넘기고 옆머리 몇 가닥만 귀 아래로 흘러내렸다. 찢어진 하늘색 터틀넥에 가죽 조끼(가죽은 가짜겠지?), 광택 나는 검정 새틴 바지에 은색 가방을 걸쳤다. 마치 미래에서 온 로봇 같았다. 방금 매거진 쇼를 마치고 왔다는 그는 그날 유난히 탈인간적이었다. 이따금 어색한 미소를 머금을 때면 이 사람이 정녕 나같이 감정이 있는 일개 인간이 맞나 싶었다. 모든 것이 정교하게 프로그래밍된 사이보그가 분명했다.

지지가 비틀즈보다 롤링 스톤즈를 좋아한다고 했을 때 나는 사랑에 빠졌다. 새벽까지 이야기를 나눴고, 여섯시가 넘어 잠들었다. 그날 이후 우리는 매일 만났다. 지지에게는 설명할 필요가 없었다. 채식과 명상이 왜 연결되어 있는지, 예술과 운동이 왜 같이 가야 하는지 공감했다. 비거니즘, 로컬리즘, 기후생태위기, 제로 웨이스트가 왜 결국 같은 문제인지 이해했다. 사이키델릭 록의 영적인 의미를 공유했다. 가치와 신념이 통하는 사람을 만나는 건, 설명이 필요 없다는 뜻이다. 나는 비로소 온전히 이해받았다. 그만큼 나의 영혼도 온전해졌다. 분열되었던 자아가 하나로 통합되었다. 한 달 뒤, 정신을 차려보니 나는 지지와 함께 신발장을 페인트칠하고 있었다. 해방촌에 월셋집을 얻어 이사했다.

모든 관계가 그렇듯, 연애에도 권력 구도가 존재했고 나는 철저한 을이 되었다. 더 사랑하는 사람이 지는 법이다. 내가 더 사랑하는 게 자명했다. 날마다 지지도 나를 조금씩 더 사랑하는 게 느껴졌지만 그만큼 나의 종속도 깊어졌다.

지지는 자신이 '한남'과 다시 연애할 거라고는 상상도 못했다고 했다. 어렸을 때 겪은 가정 폭력과 데이트 폭력. 그러다 페미니즘을 알게 되고, 여태까지 자신이 겪은 고통이

자기 잘못이 아니라는 것을 깨달았다. 가부장제라는 억압 구조가 폭력을 대물림했고, 어린 편지지는 방황과 우울과 강박을 겪었다. 이 세상 모든 여성의 고통이 연결되어 있다고 느낀 후, 자신도 비인간 동물에 대해서는 철저한 가해자라는 점을 인정했다. 고로 지지의 페미니즘은 비거니즘으로 이어졌다.

나는 모든 '한남스러움'을 경계했다. 눈치가 많이 보였다. 남자와 대화할 때 굽신거리는 몸짓이나 "형님", "회장님", "사장님" 거리는 말투 역시 내가 '한남' 카르텔의 일원이라는 증거였다. 이 거대한 권력 구조에 편승하여 삼십 년 평생 나는 얼마나 많은 혜택을 누렸는가? 찜질방에서 누워 자다가 이름 모를 아저씨가 내 옷 안으로 손을 넣을 것을 걱정해보지도 않았고, 화장실에 들어갈 때마다 곳곳에 휴지로 막아둔 몰카 구멍에 치를 떨지도 않았다. 나는 심지어 모부님을 잘 만나 어려서 맞아본 적도 없으며 그 흔한 부부 싸움도 목격한 적이 없다.

딱 한 번 맞은 적이 있다고 하는데 나는 기억도 안 난다. 어머니 임인숙의 증언에 따르면, 비도 오지 않는 어느 마른 날, 내가 샛노란 장화를 신고 유치원에 가겠다고 떼를 썼다고 한다. 인숙이 우산으로 혼쭐내려고 하자, 나는 소리쳤다.

"엄마! 때리지 말고 사랑해줘요!"

지지는 이야기를 듣고, 한편으로는 귀엽지만 다른 한편으로는 그것도 특권이라고 했다. 그 사랑, 자신에게도 달라고 했다. 나는 아끼지 않겠다고 약조했다.

지지에게 사랑이 무어냐고 묻자, 사랑하는 것과 사랑하지 않는 것 모두를 사랑하는 것이라고 했다. 나는 그의 강박과 우울을 사랑하지 않았지만, 사랑했다. 나의 특권에 부끄러움은 없었으나 부당하다고 인정했다. 지지가 이 땅에서 여성성을 학습하고 수행하는 동안 나는 무얼 했나? 매일 그가 꾸밈 노동에 시간을 쓰고, 가부장적인 폭력의 후유증을 감내하는 동안, 나는 남자라는 이유로 겨드랑이 털도 안 밀고, 눈썹 정리도 안 하고, 코털이 나와도 모른 채 살았다. 트림을 참지 않았으며, 길거리에서 누가 쳐다봐도 두렵지 않았다. 무엇보다 폭력의 피해자가 되었을 때, 내가 충분히 조신했는지 스스로 탓하거나 의심하지 않았다. 군대는 짜증나긴 했지만 그것도 결국 남자가 만든 것 아닌가? 전쟁이란 한 부족의 남성이 다른 부족의 남성을 죽이고 여성을 쟁취하기 위해 만들어낸 제도다. 나는 지지를 여자친구가 아닌 애인이나 동거인으로 소개했고, 웬만하면 그냥 이름으로 불렀다. 나는 남성으로서의 특권을 남용하지 않으려고 말과 행동을 조심했다.

비거니즘과 페미니즘은 살림으로 하나 된다.

모두 생존과 공존을 위한 운동이다.

비거니즘은 우리의 밥상을

죽임이 아닌 살림의 먹거리로 채우는 것이 시작이다.

페미니즘은 남성중심 사회가 여성의 몫으로 할당하고 폄하했던

살림의 가치를 높이는 것에서 출발한다.

페미니스트 애인 앞에서 나의 자존심은 한없이 쪼그라들었다. 행여나 말실수를 하지는 않았나, 행동이 권위적이거나 폭력적이지는 않았나, 끊임없이 스스로 검열했다. 사랑과 사죄의 감정을 하루에도 몇 번씩 오갔다. 익숙한 기분이었다. 처음 비거니즘을 접하고 채식을 시작했을 때도 그랬다. 동물을 사랑하는 마음이 곧 죄책감에 잠식되었다. 여태껏 내가 얼마나 많은 동물을 죽였는지, 지금도 얼마나 많은 동물이 죽고 있는지 생각하면서 인류에 대한 환멸을 느꼈다. 인간으로 태어난 것이 나의 원죄 같았다. 남성으로 태어난 것도 마찬가지였다. 막연하고도 막대한 죄의식에 함몰되지 않도록 사랑의 불씨를 지켜야 했다.

나에게 페미니즘은 지지를 사랑하는 연습으로 환원되었다. 흔히 말하는 '이대남(20대 남성)'으로서 나는 원래 페미니즘에 대해 어느 정도 거리를 두려 했다. 비건운동을 하는 입장에서 물론 페미니즘도 동의하고 지지했지만, 시스젠더 헤테로섹슈얼 남성은 조용히 있는 게 낫다고 생각했다. 괜히 '남페미'로 나서서 왈가왈부하고 싶지 않았다. 이미 맨스플레인이 넘쳐나는 세상에서 나까지 떠드느니 동료 여성에게 더 많은 기회가 가길 바랐다.

하지만 지지를 만나고 나는 페미니즘에 대해서도 수동적

으로 뒷짐 지고 있을 수는 없다고 결심했다. 하다 못해 겨드랑이 털을 안 미는 것부터 시작해서 공공장소에서 상의 탈의를 하는 것까지 나의 일상적인 퍼포먼스가 젠더 권력의 상징일 때가 너무나도 많았기 때문이다. 그런 특권을 유보하는 것은 내가 남성으로서 할 수 있는 최소한의 연대였다. 나아가 가부장적이지 않은 남성성이 무엇인지 고민하고 수행하는 것도 나의 응당한 역할이었다. 솔직히 매우 자존심 상하는 일이었다. 그러나 나에게는 고작 자존심의 문제인 것이 누군가에게는 불평등, 나아가 안전과 생명의 문제였다. 지지를 사랑하는 연습은 남자로서의 자존심을 내려놓으면서 나만의 자존감을 잃지 않는 훈련이었다. 사회가 규정한 남성이기 전에 그냥 인간으로 거듭나려는 노력이었다. 서툴렀기에 꾸준한 실천이 필요했다. 지지는 나의 실수를 용서와 인내로 받아주었다.

제일 부족한 것은 나의 살림 능력이었다. 나는 지지에 비해 살림을 너무 못했다. 장보고, 요리하고, 청소하고, 빨래하고, 정리하는 일에 미숙했다. 이는 물론 개인적인 차원의 문제였다. 나는 고등학교, 대학교, 대학원, 군대를 거치는 십 년 내내 단체 기숙사 생활을 했다. 나만의 공간을 집처럼 정성스레 가꿔본 경험이 전무했다. 하지만 이것이 젠더 문제라는 사실도 부정할 수 없었다. 가부장제 사회에서 살림은 여성의 역할로 치부된다. '집안일'이기 때문에 '집사람', '안사람', '아내'의 몫이다. 나는 '큰일'을 해야 하는 '하나뿐인 귀한 아들'이었다. 살림할 시간에 공부를 더 해서 가족과 민족을 자랑스럽게 하는 것이 나의 역할이었다.

그래서 내가 좇은 것은 서양 근대 문명의 최첨단이었다. '생산적'이고 '경제적'인 일이었다. 애덤 스미스의 저녁은 '보이지 않는 손'이 아니라 그의 어머니가 차려줬다는 카트린 마르살의 일침에는 남성중심의 경제학에서 여성의 노동이 어떻게 지워지는지가 담겨있다. 살림을 여성의 몫으로 할당한 가부장제 사회에서 남성의 몫은 무엇인가? '살림'의 반대인 '죽임'이다. 자본주의와 가부장제, 그리고 육식주의는 똑같은 죽임의 메커니즘으로 유지된다. 재고 나누고 옮기고 가두어 생명을 빼앗는다. 생산 과정을 세분화하여 인간을 반복적인 단순 노동을 하는, 교체 가능한 부품으로 전락시킨 바로 그 자본주의는 동물 역시 생명이 아닌 기계로 여긴다. 공장식 축산이란 공장식 노동의 확장판이다. 실제로 미국 자동차 회사 '포드'의 창설자인 헨리 포드는 20세기 초 디트로이트에서 처음 시작된 공장식 도축 방식을 보고 영감을 받아 대량의 완성품을 기계적으로 생산하는 조립 라인을 고안했다. 파티션에 갇혀 일하는 직장인은 감금 틀에서 사육

되는 돼지의 모습을 이상하다고 느끼지 않는다. 닭장 같은 원룸에 사는 현대인은 A4 용지만 한 닭장에서 자란 닭의 살과 알을 먹는다. 여성을 출산 기계로 여기는 바로 그 가부장제가 소를 강제 임신시키고 송아지가 먹을 젖을 빼앗아 다 큰 인간에게 먹인다. 기계문명이 동물을 죽이는 방식은 인간을 죽이는 방식과 매한가지다.

비거니즘과 페미니즘은 살림으로 하나 된다. 모두 생존과 공존을 위한 운동이다. 비거니즘은 우리의 밥상을 죽임이 아닌 살림의 먹거리로 채우는 것이 시작이다. 페미니즘은 남성중심 사회가 여성의 몫으로 할당하고 폄하했던 살림의 가치를 높이는 것에서 출발한다. 죽임의 문명에서 비거니즘과 페미니즘은 공통의 적을 갖는다. 자크 데리다는 그것을 '육식-남근-로고스중심주의carno-phal-logocentrism'라고 부른다. 육식주의와 남성중심주의는 이성의 언어로 지어진 철옹성 위에서 함께 군림한다. 둘은 동시에 해체할 수밖에 없다. 나는 채식을 시작했을 때부터 나의 남성성을 의심받았다. 남자가 힘을 쓰려면 고기를 먹어야 한다는 말에는 죽임이야말로 남성의 필연적인 역할이라는 뜻이 담겨있다.

사냥부터 전쟁까지 죽임을 도맡아 가부장제를 유지한 남성중심의 지배형 문화를 벗어나 협력형 문화로 나아가려면 일단 자존심을 버려야 한다. 대다수의 여성은 태어나는 순간부터 이 연습을 매일매일 한다. 아들이 아닌 딸이라는 이유만으로 비가시화되고 차별받으면서 에고ego를 내려놓도록 강요받는다. 조신하게 다리를 모으고 스스로 검열한다. 반면 나를 비롯한 대다수의 남성은 자의식과잉이 기본이다. 다리를 쩍 벌리고 우렁찬 목소리로 말하는 것이 '남자답다'고 칭해진다. 한국인 남성으로 자라온 내가 페미니스트가 된다는 것은 곧 에고를 버리고 경계를 허무는 행위다. 마초가 아닌 초식남이 되겠다는 선포다. 자존심에 스크래치가 나기 마련이다.

하지만 자의식이 줄어드는 만큼 더 넓은 시각으로 세상을 보게 된다. 지지는 나의 시선으로 보는 세상이 얼마나 안전한지에 새삼 놀란다. 혼자서는 불안해서 다니기 힘든 곳을 나와 함께 다닌다. 반대로 나는 지지의 시선으로 보는 세상이 얼마나 폭력적인지에 매번 놀란다. 캣콜링, 외모 평가와 시선 강간이 만연한 세상을 마주한다. 분명 존재했지만 내가 보지 못했던 세상이다. 어쩌면 내가 기여했던 세상이다. 비인간 존재의 시각으로 바라보는 세상은 훨씬 더 폭력적이다. 학살이 일상이다. 살림의 시작은 경계를 넘어서 세상을 온전히 바라보는 것이다. 나는 온전히 이해받고 싶어서 지지를 만났지만, 그를 통해 한층 온전한 세상을 겪는다. 죽임과 혐오를 직시하는 만큼 살림과 사랑을 맹세한다. 비건 페미니스트 연인의 사랑은 살림의 사랑이다.

빨리 감기 하여 12월 31일 여덟시 반경, 우리는 처음 만났던 한남동 비건 식당에 다시 앉았다. 음식을 받고 십여 분이 지났을까? 마스크를 쓴 직원이 와서 엄중한 목소리로 경고했다.

"혹시 남은 거 싸드릴까요?"

잘 먹고 있는 사람에게 갑자기 이걸 왜 묻지?

"저희가 지금 당장 자리를 비워야 하는 상황인가요?"

"네, 아홉시라서요."

방역 수칙 때문에 일찍 마감해야 하는 것을 깜빡했다. 우리는 쫓겨나듯 밖으로 나왔다. 코로나 시대 서울의 밤은 각박했다.

"이제 겨우 아홉시인데, 어디 가지? 바도 다 닫았고. 다시 집으로 가? 아니면 지금 바로 지리산으로 갈까요?"

"좋아요. 새해 아침은 지리산에서 맞자."

우리는 곧바로 해방촌 집에 돌아와 허겁지겁 짐을 쌌다. 옷, 책, 카메라, 통기타, 냉장고에 남은 대파, 당근, 고구마를 챙겼다. 밤 열한시쯤, 길을 나섰다. 그리하여 나는 2021년의 첫 열흘을 산청에서 지지와 함께 보내게 되었다.

"모든 이가 간절히 바라듯, 약속된 신의 나라가 오게 하려면,

우리는 각자 내면의 모든 빛과 함께 살아야 하며, 해야 할 일을 해야 할 뿐이다."

_ 레프 톨스토이, 〈신의 나라는 네 안에 있다〉, 1894.

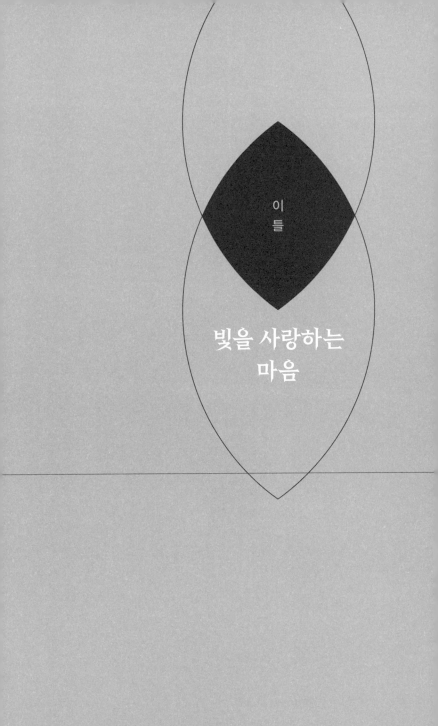

이 틀

빛을 사랑하는
마음

산청에는 진희의 집이 있다.

진희는 2020년 초 풀무질을 찾아왔다. 지하 책방을 잠시 나서려고 계단을 올라가는데 누군가 사슴 같은 눈으로 주변을 살피며 내려왔다. 나를 보더니 화들짝 놀랐다. 내가 밖에서 볼일을 보고 잠시 후 책방에 돌아왔을 때도 진희는 거기 있었다. 책보다는 사람을 만나러 온 것 같았다. 종종 있는 일이라 내가 물었다.

"찾는 책 있으세요?"

진희는 키가 컸다. 풀어 헤친 장발에 검정 나시, 청바지를 입고 흰색 로우 컨버스를 신고 있었다. 나이를 가늠하기 힘들었다. 중년으로 분류될 수 있겠으나 패션은 젊었고, 인상은 맑고 온화한 것이 어린아이 같았다. 진희는 어느 잡지 인터뷰를 읽고 나를 찾아왔다. 원래는 금요일에 있는 동물권 읽기 모임에 나오려 했으나 그 전에 책도 구할 겸, 혹시 내가 있으면 미리 대화도 나눌 겸 방문했다고 말했다.

"어디서 오셨어요?"

"영국이요."

어쩐지 일반적인 한국 중년 여성의 인상 착의는 아니었다. 내가 동경하는 60년대 영미권의 히피 문화 세례를 진희도 듬뿍 받은 것 같았다. 처음 만났지만 벌써 영적인 친근감을 느꼈다. 그는 작정한 듯이 이야기 보따리를 풀었다. 나는 '그래, 이렇게 사람 만나는 맛에 내가 책방을 하지.' 하면서 진희의 인생사를 들었다.

진희는 여행 중에 배우자를 만났다. 스페인계 영국인이었다. 결혼해서 영국 런던에 정착했다. 둘은 생태적인 삶을 추구했고 이십여 년 전부터 비건이었다. 그러다 도시 생활에 염증을 느껴서인지, 아이가 생겨서인지, 한국으로 이주했다. 진희는 런던에서도 〈녹색평론〉을 구독했다. 지리산 자락에 산청간디마을학교와 생태마을이 건립된다는 소식을 듣고 방문했다가 덜컥 산청에 땅을 사버렸다. 그리고 삼 년간 직접 황토집을 지었다. 이웃집에 묵으면서 매일 출근하여 흙을 발랐다.

"제 인생이 그 집에 있어요."

진희는 동물권 읽기 모임에도 참여했다. 대부분 이십 대였다. 스무 명 남짓 모인 회원을 향해 진희가 말했다.

"저는 원래 영국에 살다가 십여 년 전 생태적인 삶을 좇아 지리산으로 왔어요. 생태마을이라 해서 부푼 마음으로 왔는데, 이웃에게 일종의 텃세를 당했지요. 제가 외국 사람이랑 살고, 비건이라 그러니까 유별나 보였나 봐요. 저는 생태를 생각하면 당연히 채식을 해야 한다고 믿거든요. 그런데 요즘 한국에도 여러분처럼 비건이 늘어나는 걸 보면서 드디어 제가 이해받는 기분이 들었어요."

마찬가지로 나와 풀무질 단골들은 드디어 우리를 이해하는 어른을 만난 기분이었다.

얼마 뒤, 진희의 초대로 나는 친구들과 산청집을 방문했다. 산 중턱에 있는 아담한 집이다. 정원도 딸려있다. 현관문을 열면 거실 겸 서재가 펼쳐진다. 방 구분 없이 통으로 뚫려있어서 여유롭다. 양쪽 벽에 책꽂이가 있고 그 위에 거대한 스피커가 스테레오로 누워있다. 집 가운데 있으면 서라운드로 들린다. 내가 처음 이 집에 입장할 때 진희는 미국의 록밴드 '레이지 어게인스트 더 머신'의 'Killing In The Name'을 틀었다. 나는 곧바로 머리를 흔들었다. 냉장고에는 두 지미의 사진이 붙어있다. 지미 헨드릭스와 지미 페이지. 부엌은 타일로 되어있어서 묘하게 유럽 느낌이 났고 벽난로까지 더해지니 여기가 경상남도인지 영국 서식스인지 헷갈렸다. 다락에는 부처와 예수뿐만 아니라 간디, 테레사, 마틴 루터 킹 등 온갖 성현의 사진이 걸려있다. 화장실에는 비틀즈의 "Abbey Road" 앨범 자켓과 런던 지하철의 'Mind the Gap(틈을 조심하세요)' 경고가 붙어있다. 곳곳에 진희의 삶이 묻어있는 아름다운 집이다. 나같이 로큰롤을 하면서 평화주의를 신봉하는 사람에게는 성스럽기까지 한 곳이다.

진희의 아들 이름은 윤오 루스다. '루스Luz'는 스페인어로 '빛'이다. 진희는 빛을 사랑한다. 얼굴에 늘 햇살이 비친다. 산청집에는 빛이 참 잘 든다. 생태주의의 이름으로 동서양이 조화를 이룬다. 진희와 배우자의 성향이 골고루 섞였다. 영국과 한국을 오가던 그들의 삶. 윤오 루스라는 이름에서도, 황토집과 벽난로, 자개장과 타일의 조화에서도 드러난다. 서재에는 거의 모든 종교에 관한 책이 있다. 힌두교, 유대교, 불교, 기독교, 이슬람교, 자이나교 등등. 녹색, 생태, 자급자족, 채식, 예술이 키워드다. 나는 E. F. 슈마허의 《작은 것이 아름답다》를 꺼내 읽었다. 친구들도 하나씩 골라서 읽기 시작했다. 진희는 이 집에 꽤 많은 손님이 왔는데, 오자마자 책을 읽는 장면은 처음 봤다고 했다. 나는 이렇게 독서하기 좋은 집도 없겠다고 생각했다.

내가 다닌 옥스퍼드 발리올 대학에는 유구한 전통이 있다.

'리딩 파티_reading party_'라는 건데, 말이 파티지 굉장히 정적이고 고요한 행위다. 학교 소유의 알프스 산장에 열댓 명이 들어가서 열흘 정도 함께 독서, 산책, 토론을 즐기는 것이다. 휴대 전화도 터지지 않는 외딴곳에 각자 읽을 책을 챙겨 간다. 오전에 일어나 독서하다가, 낮에는 산길을 걸으며 사색하고, 저녁 때 모여 와인을 곁들인 대화를 나눈다. 150년 넘게 이어져 내려온 문화다. 나는 모집 공고를 보고 흥분했지만 귀국 일정과 맞지 않아 참여하지 못했다. 리딩 파티라는 개념은 졸업 후에도 계속 머리를 맴돌았고, 풀무질을 인수한 후에는 한국에서 한번 시도해보고 싶다고 생각했다. 그러나 알프스 산장같이 마땅한 장소를 찾기 어려웠다. 고흥, 평창, 울릉, 제주 등 여러 후보지를 고려했지만 충분히 단절되어 있으면서도 편안한 숙소를 찾기 힘들었다.

산청집이 딱 그런 곳이었다. 호흡이 차분해졌고 책이 술술 읽혔다. 한참 독서 삼매경에 빠져있다 보니 진희가 저녁을 준비해 주었다. 우리는 식탁에 둘러앉았다. 식구 같았다. 채식이라는 화두로 모인 식구. '먹는 입'이 맞으니 식구가 아닐 것도 없다. 국적을 알 수 없는 요리였지만 푸근하고 맛났다. 비건이 된 이후 정말 오랜만에 느끼는 온정이었다. 매일 사 먹거나, 집에서도 혼자 먹는 게 다반사였다. 산청집은 처음 왔지만 마치 고향에 돌아온 것 같았다. 어릴 적 어머니, 아버지, 그리고 할머니, 할아버지와 다 함께 맡았던 음식 내음이 떠올랐다.

순간 내 마음 속에 수립된 이 대안 가족의 우두머리는 진희였다. 그는 식사 내내 인자한 표정으로 우리의 이야기를 경청했다. 한편으로는 부족의 추장과 같은 연륜, 다른 한편으로는 오랜 동지와 같은 연대로 감싸줬다. 여태껏 따로 살았지만, 채식을 하면서 고민했던 지점은 다들 비슷했다. 바로 이 식탁에서 매일 오갔을 진희네 가족의 대화가 궁금해졌다. 비건 가족은 과연 어떤 모습일까? 윤오 루스와 그의 아버지는 어떤 사람일까? 그들은 어떤 음식과 이야기를 나누며 이 집에서 살았을까? 나는 상상만 할 뿐이었다.

나의 오랜 벗이자 동지인 홍성환은 종교적 불안감을 털어놓았다.

"이 모든 우주가 사실 시뮬레이션이면 어쩌지?"

근본적인 의심을 떨칠 수 없다고 했다. 진희는 일론 머스크가 '뉴럴링크(뇌 연구 스타트업)'와 '스페이스X(민간 우주개발 업체)' 사업을 동시에 추진하는 것은 인류 전체가 화성을 추체험하기 위함이라고 설명했다. 나는 고타마 싯다르타와 스티브 잡스가 채식을 실천했던 영적인 이유에 대한 호기심을 나누었다. 대화는 새벽까지 끊이지 않았다. 다음날 느지막이 눈을 떴을 때, 진희와 친구들은 이미 마당에 둘러앉아 담

소를 이어가고 있었다. 나는 까치집 머리를 한 채 통기타를 들고 나갔다. 전날 밤 진희가 준 지미 헨드릭스 티셔츠를 입고 있었다. 새소리, 바람 소리에 목소리와 기타 소리를 얹었다. 진희가 기특하게 쳐다봤다.

나는 그날 오후 서울로 가야 했다. 진희는 추석 즈음 런던으로 돌아갈 예정이었다. 우리는 다음을 기약하며 포옹했다.

"원하시면, 제가 없는 동안에 가끔씩 저희 집을 작업실, 혹은 도시의 번거로움을 피할 수 있는 피난처, 재충전의 장소로 쓰셔도 좋아요."

나는 호의에 감격했고, 흘려듣지 않았다. 다음 책은 산청에서 써야지.

진희와 헤어진 이튿날, 장문의 전자우편을 한 통 받았다.

"범선 님이 하고 싶은 일이 평화운동이라는 말에 제 가슴이 다시 한번 뛰었다는 말씀을 드리고 싶습니다. 그리고, 새로운 희망과 꿈이 생겼습니다.

저의 오래된 꿈은 한반도에서 군대라고 하는 가장 폭력적인 집단을 없애는 것입니다. 인간에게 끊임없이 가장 효과적인 살인 방법에 대해 가르치며, 폭력성이 인간의 본성 중 하나라고 합리화하는, 그리고 천문학적인 돈을 들여 살인 병기를 개발하고 구입하는 집단이 과연 21세기에 필요한지 많은 의문이 듭니다.

한국처럼 인구의 절반인 남성이 군대를 다녀오고, 그곳에서의 경험을 마치 성인식으로 받아들이며, 가정에서는 가장이라는 위치에서, 학교에서는 선생이나 선배라는 위치에서, 직장에서는 상사라는 위치에서 끊임없이 군대 문화를 재생산해내는 사회가 과연 건강할까요.

군대라는 성인식을 치르지 않은 여성에 대한 비하와 혐오는 또 다른 차원의 문제가 되기도 하고요. 여성의 군대 문화 수용을 통한 여성 꼰대 문화(간호사의 태움 문화 같은 것들) 또한 심각한 문제지요.

모병제가 과도기적인 방법일 수도 있지만, 미국과 영국이 보여주듯이 사회적으로 열악한 위치에 있는 사람들의 유일한 선택지가 군대가 되어서 불평등을 더 깊게 한다면 그 또한 궁극적인 해법은 아닐 것입니다.

전쟁 발발 시 대통령, 그 이하 장관과 국회의원, 군수업체 사장, 전쟁을 조장하는 언론사의 사주와 소득 상위 1%에 속하는 사람의 자제들이 최전방에서 전투에 참여해야 한다는 법이 제정되지 않는 한, 우리는 항상 전쟁이라는 괴물과 같이 살아야겠죠. 평화의 시작은 각국의 군대가 없어지는 것이라고 믿습니다."

인간이 만약 소나 양 같은 초식동물처럼 훨씬 더 사회적이거나,
사자나 호랑이 같은 육식동물처럼 훨씬 더 반사회적이었으면,
지금처럼 복잡다단한 사회구조가 발달하지도 않았을 것이다.
삼권분립, 건강보험, 주식시장 같은 기괴한 제도가 필요 없다.
인간이 반사회적 사회성을 지닌 잡식동물이기 때문에,
전쟁과 평화를 동시에 갈망하기 때문에, 역사의 진보도 있다.

6년 전, 나는 양심적 병역거부를 고민했다. 징역 1년 6개월과 사회적 매장을 감수해야 했다. 당시 한국에서 입대를 거부하는 이들의 95%는 여호와의 증인이었다. 그들은 출옥 이후 교회 조직 내부에서 어느 정도 사회적 안전망을 보장받았다. 여호와의 증인에게는 감옥이 군대인 셈이었다. 나머지 5%는 사회주의 성향의 평화주의자였다. 노무현 정부의 이라크 파병 이후 새롭게 등장한 부류였다. 대부분 노동자연대 '다함께' 소속이었다. 재판을 방청했는데, 최후 변론에서 "이집트 혁명 동지 만세!"를 외치는 것을 보았다. 사상적으로 약간의 거리감을 느꼈다. 나는 결국 병역거부를 포기했다. 혼자서는 감당할 자신이 없었다. 동두천 미2사단 210포병여단에서 카투사로 복무했다. 일반 군대보다 훨씬 수월했지만 내 인생 가장 암울한 시기였다. 나는 진희의 평화주의를 이해하고 존중했다. 한국 사회에 만연한 가부장적 폭력의 뿌리가 군대다. 전쟁이라는 최악을 막기 위해 유지하는 필요악일 뿐이다. 군대가 남아있는 한 참된 평화는 올 수 없다.

○ 2018년 헌법재판소 판결로 양심적 병역거부자를 위한 대체 복무제가 도입되었다. 2021년 3월, 동물권 활동가 임성민 씨는 대체 복무 심사를 통과했다. 대한민국 사법부가 비거니즘을 '진정한 양심'으로 인정한 첫 번째 사례다.

"이제는 제가 범선 님을 통해 꾸는 새로운 꿈에 대해서 말씀드리고 싶어요.

군대에서 육체적으로, 정신적으로 상처받은 분들과 그 가족, 군대에서 자식을 잃은 너무나 가여운 부모님들, 군대를 다녀온 꼰대에게 상처받는 여성들, 아직 군대를 가지 않은 어린 남성들, 앞으로 자식을 군대에 보내야 하는 어머님들, 군대를 거부하는 신앙인들, 평화주의자들, 성소수자들, 동물해방운동가들(군대 안의 군견 훈련 문화도 한번 생각해봐야 하는 문제입니다.)과 연대해서 누구도 상상해보지 않은 방식의 통일을 구현하고, 그와 함께 완전한 비무장 상태의 한반도를 만들어서 21세기 평화의 새로운 장을 여는 것입니다. 이것은 오직 한반도에서만 가능한 일이니까요.

꼰대적인 방법으로 절대로 이룰 수 없는 일을 범선 님은 아주 멋있게 할 수 있을 것 같다는 느낌이 듭니다. 범선 님이 그레타 툰베리 같은 환경운동과 평화운동의 아이콘이 되면서, 한반도 통일을 이룬다면 어떨까 하는 꿈입니다. 저만의 망상이라고 해도 뭐라 할 수 없지만요……."

나를 예쁘게 봐주는 건 황송했지만, 부담스러웠다. 민사고 시절 매일같이 듣던 "민족의 지도자가 되어라." 같았다. 나는 툰베리 같은 아이콘이 될 수도 없고, 되고 싶지도 않다. 한반도 통일의 꿈도 헛되게 느껴질 때가 많다. 나에게 투영된 진희의 꿈은 나보다 진희에 대해 더 많이 말해주었다. 나는 그 꿈이 산청집의 서재에, 다락에, 마당에 켜켜이 묻어 있다고 생각했다.

"범선 님의 열린 마음, 근심 걱정 없는 모습, 총명, 재치 등등……. 자가발전의 빛은 주변 사람들에게 희망과 따뜻함을 전해주는 것 같습니다."

진희가 빛을 본 것은 내가 빛나서가 아니다. 진희가 빛을 사랑하기 때문이다. 빛을 사랑한다는 것은 역사의 진보를 믿는 것이다. 나 역시 진희처럼 진보를 믿는다. 세상이 무조건 나아질 거라 믿는 것은 아니다. 나아질 수 있고, 나아져야 한다고 믿는다.

예부터 역사를 보는 관점은 크게 두 가지였다. 1) 선형적인 것과 2) 순환적인 것. 전자에 따르면 역사는 일직선상으로 나아간다. 정해진 목적이나 결말을 향해 발전한다. 그 과정이 역사의 진보다. 후자에 따르면 역사는 돌고 돈다. 나아질 때가 있으면 나빠질 때도 있다. 역사란 흥망성쇠의 반복일 뿐 어느 한쪽으로만 움직이지 않는다. 다시 말해, 진보란 없다. 둘 중 무엇이 진실일까?

동서양을 막론하고 근대 이전까지는 순환적 역사관이 지배했다. 미래에 어떠한 유토피아, 해방 세상이 도래할 거라고 전망하지 않았다. 이따금 성군이 나타나서 천하통일이 되고 태평성대가 오더라도 언제든 다시 암흑기가 돌아올 수 있었다. 순환적 역사관에서 유토피아는 항상 과거에 있다. 중국의 요순 시절, 아브라함계 종교의 에덴동산, 모두 먼 옛날의 전설 같은 이야기다. 이러한 역사관에서는 과거의 영광을 되살리는 것이 가장 큰 과제다. 혁명을 뜻하는 'revolution'의 어원은 '되돌아가다'라는 뜻의 라틴어 'revolvere'다. 원래는 천체의 순환운동을 표현하기 위해 쓰였다. 그러다가 르네상스 이후 급진적인 대전환의 의미로 쓰이기 시작했는데, 실제로는 고대 그리스와 로마의 영광을 되살리자는 취지였다. 'renaissance' 자체가 불어로 '재생, 부활'을 뜻한다. 지구를 포함해서 우주의 모든 것은 돌고 돌지 않는가? 인간의 역사도 돌고 돌 뿐이었다.

선형적 역사관이 득세한 것은 18세기 유럽의 계몽주의 때부터다. 계몽주의는 원래 불어로 'lumière', 즉 '빛'이다. 독어로는 'Aufklärung', 영어로는 'Enlightenment'. 모두 빛을 비춘다는 뜻이다. 근대 일본에 번역, 수입되면서 '계몽啓蒙', 즉 '꿈을 깨운다'는 의미로 바뀌었지만, 새벽녘의 이미지는 일맥상통한다. 빛을 비추면 꿈에서 깨기 마련이다. 인류가 무지몽

매했던 어둠의 시대를 벗어나 빛으로 깨어난다는 근대적 기획이 바로 계몽주의다.

서양에서 빛과 어둠의 비유는 뿌리 깊다. 고대 페르시아의 사상가 조로아스터가 우주를 빛과 어둠, 선과 악의 영원한 전쟁으로 설명한 후, 이러한 이분법적인 세계관은 유대교, 기독교, 이슬람교 등을 통해 널리 자리잡았다. (조로아스터교는 여전히 불을 숭배한다.) 빛은 정신적이고 높은 것, 어둠은 육체적이고 낮은 것으로 정의되었다. 하지만 계몽주의 이전까지는 빛이 어둠을 정복할 것이라는 낙관론이 사실상 전무했다. 동양의 음양 사상이 음과 양의 조화를 추구할 뿐, 음에 대한 양의 정복을 논하지 않듯이 서양의 선악 사상도 선과 악의 끝없는 투쟁을 설명할 뿐, 선의 완전한 승리를 예견하지 않았다. 야훼와 사탄의 적대 구조는 영원히 깨질 수 없었다. 사탄이라는 악이 없으면 야훼라는 선의 의미도 무색해지기 때문이다. 선악은 상대적이고 상호의존적인 개념이다. 순환적인 역사관에서는 매일 낮과 밤이 오가듯이 빛과 어둠도 오가는 게 당연했다. 그것이 우주의 순리였다.

빛이 어둠을 정복하리라는 낙관론의 발단은 바로 과학이었다. 케플러와 뉴턴 같은 인물이 자연과학에서 이뤄낸 성과는 분명 진보적이었다. 개인은 죽더라도 인간 종 전체로서는 무한히 축적해나갈 수 있는 깨달음이었다. 자연의 법칙을 밝혀내는 인류의 과업은 더이상 순환적이지 않았다. 흥망성쇠의 연속이 아니었다. 선형적인 발전이었다.

계몽주의 사상가들은 자연과학의 추세가 인문과학에도 적용될 수 있다고 생각했다. 인간도 결국 자연의 일부고, 우주 만물과 같이 자연법의 통치를 받기 때문이다. 과학이 발전하는 것처럼 사회도 시행착오를 거쳐 발전할 것이다. 인간의 잠재력을 최대한 발현할 수 있도록 설계된, 완벽히 정의로운 사회. 그것을 향해 나아가는 일이 역사의 진보이자, 인류의 숙명이었다. 겸손했던 과거는 안녕! 이제 밝은 날을 향해 행진하는 일만 남았다. 빛과 어둠의 무한 루프를 탈출하자!

인류가 비로소 성숙해지고 있었다. 대표적인 계몽주의 철학자 임마누엘 칸트는 1784년 〈계몽이란 무엇인가?라는 물음에 대한 답변〉을 썼다. 그는 '계몽이란 인간이 스스로 자초한 미성년기를 벗어나는 것'이라고 정의했다.

"미성년기란 타인의 지도 없이 자신의 지성을 쓰지 못하는 상태다. 그러한 미성년기는 지성이 없어서가 아니라, 타인의 지도 없이 자신의 지성을 쓸 의지와 용기가 없어서 발생하기 때문에 스스로 자초한 것이다. '과감히 알려고 하라! 자신의 지성을 쓸 용기를 가져라!'가 바로 계몽주의의 모토다."

칸트는 자신이 아직 계몽된 시대에 살고 있지는 않지만, 계몽의 시대에 살고 있다고 보았다. 아직 다 깨지는 못했지만, 조금씩 잠에서 깨어나는 시대. 어둠이 완전히 가시지는 않았지만, 빛이 스며들기 시작하는 시대. 문명의 새벽녘이었다. 그리고 그 빛의 근원은 이성이었다. 모든 인간이 품고 있지만 충분히 활용하지 못하는 이성. 자유로운 표현과 토론이 보장되면 이성은 자연스레 확장하리라. 칸트의 계몽주의는 역사 진보에 대한 굳건한 신앙으로 이어졌다.

그렇다면 진보는 정확히 어떤 원리로 이뤄질까? 칸트는 인간의 '반사회적 사회성'이 진보를 낳는다고 보았다. 이것이 칸트주의 인간론의 핵심이다. 요즘 유행하는 의류 브랜드 중 '안티소셜소셜클럽'이 있다. 반사회적인 사교 클럽. 모순적인 우스갯소리처럼 들리지만 사실 인간 사회의 본질을 담았다. 자유에 대한 인간의 욕망은 반사회적 갈등을 유발하지만, 모든 인간은 타자를 필요로 하기에 사회 의존적이다.

도시가 지겨워서 산청에 들어와 있으면서, 남이 읽어줬으면 하는 바람으로 책을 쓰고 있는 나의 모습도 반사회적 사회성의 발현이다. 인간이 만약 소나 양 같은 초식동물처럼 훨씬 더 사회적이거나, 사자나 호랑이 같은 육식동물처럼 훨씬 더 반사회적이었으면, 지금처럼 복잡다단한 사회구조가 발달하지도 않았을 것이다. 삼권분립, 건강보험, 주식시장 같은 기괴한 제도가 필요 없다. 인간이 반사회적 사회성을 지닌 잡식동물이기 때문에, 전쟁과 평화를 동시에 갈망하기 때문에, 역사의 진보도 있다.

칸트가 살았던 시대에 계몽주의 사상가들의 화두는 단연코 인권이었다. 개인의 자유와 권리를 보장하는 사회를 어떻게 건설할 것인가? 1776년 미국혁명과 1789년 프랑스혁명 모두 이 당면 과제를 해결하기 위한 투쟁이었다. 칸트는 두 혁명 모두 열렬히 반기었으나, 아직 인류가 갈 길이 멀다고 생각했다. 완벽한 체제를 구현하는 것은 결코 쉽지 않았다.

원래 인간은 홀로 내버려 두면 제멋대로 삐뚤삐뚤 자라나는 나무와 같다. 자연 상태에서의 인간은 완전한 자유를 좇는 반사회적 동물이기 때문이다. 인간이 사회를 구성하는 것은 나무가 모여 숲이 되는 것과 같다. 나무는 각자 햇빛을 향해 자라기 때문에 모여있으면 위로 꼿꼿하게 큰다. 살기 위해 그러는 것이지만 결과는 아름답다. 인류를 아름답게 하는 문화 예술 역시 개인이 모여 살기 위해 스스로 반사회적 기질을 다스린 결과다. 첨예한 줄다리기의 산물이다. 권리를 완벽히 보장하는 시민사회를 건설하는 과업은 인간을 모아 숲을 만드는 것만큼 어렵다.

반사회적 사회성은 국가 간에도 드러난다. 개인이 대립을 인간은 자연 상태에서 전혀 평화롭지 않다.

전쟁은 사랑만큼이나 인간의 자연스러운 본능이다.

마찬가지로 자연 상태에서 인간은 잡식동물이다.

오늘날처럼 인간이 육식을 많이 하는 것도 자연스럽지 않지만,

고기, 생선, 계란, 우유를 아예 안 먹는

완전채식주의자, 비건으로 사는 것도 자연스럽지 않다.

나는 자연인이 아니다.

자연스럽게 살고 싶어서 평화를 꿈꾸고 채식을 하는 게 아니다.

이성적이고 성숙하게 살고 싶어서 그러는 것이다.

통해 성숙하여 더 안전한 사회를 이루듯이 국가도 전쟁을 통해 성숙하여 더 안전한 세계를 이룰 것이다. 다른 나라와 끊임없이 전쟁을 벌이고 준비하는 국가가 과연 시민의 자유와 권리를 보장할 수 있을까? 세계 평화 없이는 완벽한 국가도 있을 수 없다. 역사 진보의 끝은 영구적인 평화 체제의 구축이다. 계몽주의가 퍼질수록 인류는 전쟁에 득보다 실이 많다는 사실을 깨달을 것이다. 칸트는 몇 차례 혁명이 더 일어나면 인간의 자연적 기질을 모두 구현할 수 있는 세계가 탄생하리라 믿었다. 항구적인 평화에 도달하는 것이 자연의 숨겨진 계획이었다.

칸트는 역사가 어떠한 계획이나 목적에 따라 움직인다고 서술하는 것이 일종의 소설 같을 수 있다고 인정했다. 하지만 그는 우주 만물이 무의미한 우연의 산물이라는 가능성을 용납할 수 없었다. 신의 의도를 파악하고자 평생 철학을 연구했다. 그의 결론은 희망적이다. 인류는 이성이라는 빛을 통해 계몽, 즉 꿈에서 깨어나기 시작했고, 앞으로 진보를 거듭해 세계 평화와 완벽한 국가 체제를 이룩할 것이다.

오늘날 역사 진보와 세계 평화를 꿈꾸는 사람은 모두 칸트의 지적 후예라고 할 수 있다. 1795년, 71세의 칸트는 《영원한 평화를 위하여》라는 에세이를 썼다. 그는 정전이나 휴

전은 평화가 아니라고 규정했다. 미래에 전쟁이 다시 일어날 가능성이 있다면 그것은 멈춤 또는 휴식이지, 평화가 아니다. 영원한 평화의 보장만이 진정한 평화라고 할 수 있다. 칸트는 시민이 연합하여 법을 만들고, 그 법에 복종하여 안전을 보장받듯이, 국가도 언젠가 연합하여 국제법을 만들고, 그 법에 복종하여 평화를 보장받으리라 예측했다.

전쟁 없는 세상을 위한 칸트의 이론은 진희의 생각과 비슷하다. 칸트도 평화를 위해서는 각국의 상비군을 감축해야 한다고 주장했다. 진희와 칸트가 사랑하는 빛은 결국 더 나은 미래가 올 거라는 희망이다. 역사가 진보한다는 믿음이다. 한반도의 군대를 없애고, 철조망을 해체하여, 평화 체제를 구축한다는 꿈이다. 다분히 계몽주의적인 역사관이다.

2백여 년이 지난 지금, 나와 진희는 칸트보다 더 평화로운 세상에 살고 있는가? 그동안 역사는 과연 진보했는가? 모르겠다. 전쟁이 줄긴 했다. 실제로 공화국이 많아지고 국제 무역이 늘어나자 국제연합, 유엔이 생겼다. 유엔이 아직 세계정부는 아니지만 칸트의 예상이 어느 정도 적중했다. 유럽 연합은 초국가적 정부의 역할을 상당 부분 수행하고 있다. 이제 유럽연합 국가 간에 전쟁이 일어나는 것은 상상하기 힘들다. 한국과 일본, 미국과 중국 사이에도 전쟁이 발발할 가능성은 희박하다. 모두가 손해볼 것을 잘 알기 때문이다. 하지만 아직 영구 평화가 도래했다고는 말할 수 없다. 특히 한반도에서는 굉장히 큰 미지수다.

나는 역사가 반드시 진보한다는 칸트의 주장은 독단적이라고 생각한다. 지나친 낙관이다. 하지만 인류가 이성을 통해 스스로 본능을 통제하고 더 나은 세상을 만들 수 있다는 그의 믿음은 동의한다. 인류는 진보할 수 있고, 진보해야 한다. 나의 평화주의와 채식주의는 모두 계몽주의의 산물이다. 이성적 판단의 결과다.

인간은 자연 상태에서 전혀 평화롭지 않다. 전쟁은 사랑만큼이나 인간의 자연스러운 본능이다. 마찬가지로 자연 상태에서 인간은 잡식동물이다. 오늘날처럼 인간이 육식을 많이 하는 것도 자연스럽지 않지만, 고기, 생선, 계란, 우유를 아예 안 먹는 완전채식주의자, 비건으로 사는 것도 자연스럽지 않다. 나는 자연인이 아니다. 자연스럽게 살고 싶어서 평화를 꿈꾸고 채식을 하는 게 아니다. 이성적이고 성숙하게 살고 싶어서 그러는 것이다.

계몽이란 미성년을 벗어나 어른이 되는 것이라고 했다. "원래 어릴 땐 싸우면서 크는 거지."라는 흔한 말을 뒤집어 보면, 인류가 성숙할수록 전쟁도 줄어들 거라는 칸트의 명제가 된다. 나는 인류가 미숙할 때는 동물을 잡아먹을 수도 있다고 본다. 하지만 계몽된 시대가 도래하여 이성의 빛이 인류를 비추면, 육식을 그만둘 것이라고 믿는다. 전쟁과 육식은 모두 인간이 이성적으로 통제할 수 있고, 통제해야 하는 본능이다. 부끄러운 과거이자 어리숙한 실수다. 평화와 채식이야말로 인류가 이성적으로 지향해야 할 분명한 목표다.

물론 칸트는 채식주의자가 아니었다. 그는 노예제도에 대해서도 둔감했고 여성의 권리 또한 적극적으로 옹호하지 않았다. 하지만 칸트를 비롯한 계몽주의 사상가들이 지핀 이성의 횃불은 이후 전세계로 퍼져 나갔다. 프로메테우스처럼 문명의 불을 밝혔다. 칸트가 사망한 19세기 초까지만 해도 백인 중산층 남성에게 국한되었던 인권은 차차 인종과 계급과 성별의 경계를 넘어 확장되었다. 이러한 계몽의 불길은 20세기 후반 비로소 한반도까지 퍼졌다.

1985년 성균관대학교 앞에 문을 연 인문사회과학서점 풀무질은 역사 진보의 신앙으로 무장한 학생운동의 아지트였다. 이름부터 다분히 계몽주의적인 비유를 담았다. '풀무'란 대장간에서 불을 지피기 위해 바람을 일으키는 도구다. 민주, 평화, 통일을 위한 사상적 담금질을 하는 대장간이 바로 풀무질이었다. 나와 성환은 2019년에 풀무질을 인수할 때,

그 정신을 계승하고 발전시키리라 다짐했다. 워낙 진보적인 곳이기에 더 진보해야 했다. 그래서 인권 위주의 서가를 동물권까지 넓혔다. 평화주의와 채식주의를 중점적으로 다루었다.

빛을 사랑하는 진희가 영국에서 산청을 거쳐 풀무질까지 찾아온 것은 우연이 아니다. 칸트는 이런 것도 자연의 숨은 계획, 신의 뜻이라고 할까? 덕분에 나는 2021년 1월 2일, 지리산에서 아주 평화로운 아침을 맞는다. 산청집에 스며드는 햇살을 보며 진희 마음 속의 빛을 떠올린다. 그 빛을 나도 한껏 품어본다.

"저주 받은 창조자여!

그대마저 혐오감에 고개를 돌릴 만큼 흉측한 괴물인 나를 왜 만든 것인가?"

_ 메리 셸리, 《프랑켄슈타인》, 1818.

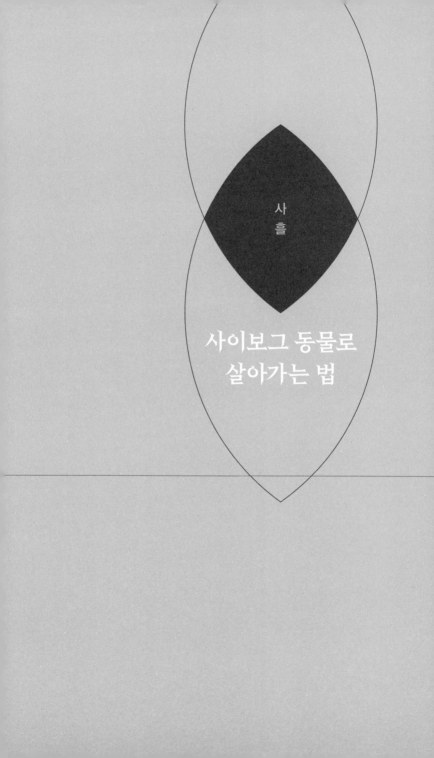

사
흘

사이보그 동물로
살아가는 법

✕

　　　　　　　아이폰은 나의 족쇄다. 하루
종일 어딜 가든 내 몸에 달려있다. 침실에서도, 화장실에서
도, 자동차에서도 붙어있다. 떼어놓고 있을라 치면 다시 붙
잡아달라고 소리를 지르고 몸을 흔든다. 그래서 만져주면 재
미있으면서 아무짝에도 쓸모없는 온갖 이야기를 쏟아낸다.
나는 길을 걷다가도, 양치를 하다가도, 심지어 앞사람과 대
화를 하다가도, 갑자기 멈추어서 아이폰을 멍하니 쳐다본다.
그러다 잠시 후, 그것에게 지배당하는 나를 발견하고는 치를
떤다. 휙 내팽개친다. 하지만 얼마 지나지 않아 아이폰은 자
석같이 내 손에 다시 달라붙는다. 끈질긴 녀석이다.

　그의 조상들은 그렇지 않았다. 이 정도는 아니었다. 스마트
폰 이전 시대를 기억한다. 폴더폰을 쓸 때는 통화를 마치고
탁 닫으면 그만이었다. 휴대전화가 말 그대로 휴대용 전화기
의 기능만 하던 시절이었다. 스마트폰은 똑똑해도 너무 똑똑
하다. 과도한 양의 정보를 토한다. 나는 일방적으로 그것을
흡수하느라 바쁘다. 도대체 내가 이 사람이 어디서 뭘 먹는

지까지 왜 알아야 하지? 과잉 연결된 일상에 지친다.

아이폰은 나를 사이보그로 만든다. 사이보그란 '우주 공간 같은 특수한 환경에 적합하도록 기관의 일부가 전자 기기로 만들어진 인공적인 인간'이다. 아이폰은 이미 내 신체 기관의 일부다. 내가 월드 와이드 웹이라는 특수한 환경에 적합해지기 위해 필수적으로 지녀야 하는 전자 기기다. 아이폰과 함께 있다면 나는 항상 온라인이다. 고립된 개인이 아닌 광대한 그물망의 일부로 존재한다.

나를 초월해서 더 큰 무언가의 일부가 되는 일은 긍정적일 수 있다. 가끔은 숭고하다. 예를 들어 '하나님 안에서 하나가 된다'거나, '민족 중흥의 역사적 사명을 띠고' 살아가는 일은 개인의 삶에 의미를 부여하기도 한다. 그러나 월드 와이드 웹과 하나가 되는 일은 나의 실존적 문제를 해결해주지 못한다. 네트워크에 귀속됨으로써 삶이 충만해지기는커녕 숨막혀진다. 망망대해에 내던져져 허우적거리는 기분이다. 무한한 진공의 우주를 떠다닌다. 공황이 올 것만 같다.

나는 예전에도 아이폰으로부터 해방되려고 발버둥친 적이 있다. 한때 동묘 앞에서 중고로 산 통 큰 정장을 즐겨 입었는데, 살 때부터 바지 주머니에 구멍이 나있었다. 하루는 밖에서 점심을 먹고 집에 돌아오니 주머니에 아이폰이 없었다. 구멍으로 빠진 것이다. 나는 부정, 분노, 타협, 우울을 거쳐 수용의 단계까지 빠르게 도달했다. 나아가 상실을 전화위복으로 삼고자 했다. 이참에 폴더폰으로 바꿔보자!

안 그래도 아이폰의 폭정에 분개하던 차였다. '스크린 타임'이라는 기능이 생겨서 친절하게도 내가 하루에 몇 시간을 낭비하는지 알려주었다. 네다섯 시간은 기본이었다. 인스타그램, 페이스북, 유튜브, 카카오톡 무한 루프였다. 운전할 때 만지작거리는 습관은 특히 위험했다. 나는 아이폰의 노예였다. 족쇄를 잃어버린 것은 오히려 기뻐할 일이었다. 곧바로 동네 휴대폰 가게로 달려갔다.

"폴더폰 있나요?"

나는 아주 싼 값을 기대했으나 스마트폰 가격과 큰 차이가 없었다. 나름 최신형이라 5핀 충전기를 썼다. 카카오톡이 가능한 터치스크린 폴더폰도 있었다. 다 필요 없고, 전화랑 문자만 되는 걸로 달라고 했다. '효도폰'으로 나온 게 하나 있었다.

"월 5천 원만 더 내면 스마트폰을 쓰실 수 있는데 정말 이걸로 하시겠어요?"

나는 비장하게 답했다.

"네. 돈 때문이 아닙니다."

해방! 드디어 해방이었다. 폴더폰은 일단 작고 가볍다. 통화를 마치고 접을 때 나는 "탁!" 소리가 아주 찰지다. 오랜만에 듣는 소리였다. 전방 카메라가 없어서 셀카는 폰을 뒤집어 찍어야 했다. 싸이월드 방명록에 글을 남겨야 할 것 같은 감성이 샘솟았다. 보는 사람마다 놀라움과 부러움을 금치 못했다. 역시 힙스터의 완성은 폴더폰이다.

한 줄 평: 나는 편한데 주변 사람은 불편했다.

최대 장점은 공상하는 시간을 되찾은 것이다. 눈과 귀로 정보를 소비하지 않으면서 딴생각할 겨를이 생겼다. 변기에 앉았을 때, 이동할 때, 식사 중 일행이 잠시 자리를 비웠을 때, 침대에 누웠을 때 등등. 나처럼 창작이 업인 사람에게는 영감의 원천이 되는 소중한 여유다. 책도 더 많이 읽었다.

소통의 빈도는 줄고 농도는 높아졌다. 카카오톡과 이메일은 몰아서 컴퓨터로 한 번에 답장했다. 사회 관계망도 출근했을 때 일괄적으로 관리했다. 문자를 치는 게 불편해서 간단한 일도 전화를 걸었다. 사랑하는 사람의 목소리를 더 자주 들었다. 밥을 먹거나 차를 마실 때, 오롯이 앞사람에게 집중할 수 있었다.

하지만 업무 차질이 너무 컸다. 은행 일을 보기가 번거롭고,

인스타그램 기능이 제한적이며, 구글 드라이브에 접근할 수 없었다. "집에 가서 확인하고 연락드릴게요."가 다반사였다. 회사에서 단톡방에 올린 내용을 나만 따로 받아봐야 했다. 동료의 불만이 쌓였다. 내가 혼자 예술만 하고 사업을 안 했으면 괜찮았을 텐데. 이건 책임 회피였다. 해방이 아닌 도피였던 것이다.

그렇게 한 달. 뮤직비디오 촬영 차 목욕탕에 갔다가 아뿔싸, 열탕에 폰을 빠뜨렸다. 생돈 주고 폴더폰을 다시 살 염치가 없어서 아이폰으로 바꿨다. LTE가 연결되는 순간 나는 문명 세계에 재접속한 기분이었다. 역시 기술은 잘못이 없다. 그걸 활용하는 인간의 문제지. 자위했지만 아이폰이 여전히 애물단지 같은 건 어쩔 수 없었다. 이 망할 문명에 속해 있으려면 달고 다닐 수밖에 없는 족쇄였다. 나는 결국 아이폰에게 항복했다. 거울을 보며 스스로 다독였다.

'사이보그지만 괜찮아.'

과연 기술이 발전하면 사회도 진보하는가? 인간의 삶이 나아지는가? 칸트는 대체로 그렇다고 믿었지만, 동시대 영국에 살던 네드 러드는 동의하지 않았다. 러드는 양말을 짜는 직공이었다. 전설에 따르면 1779년 어느 날, 러드는 일을 게을리한다는 이유로 아버지에게 꾸중을 들었다. 채찍질을 당했다는 설도 있다. 울분에 가득 찬 러드는 자기 앞에 있던 양말 틀 두 개를 망치로 깨부쉈다. 노동 조건에 대한 불만을 기계에게 화풀이한 것이다. 이후 잉글랜드 중부지방에서는 누가 기계를 부수면 "네드 러드가 그랬대요." 하는 농담이 떠돌았다.

19세기 초, 영국에서 산업혁명이 본격적으로 일어나자 직물 짜는 직공들은 일자리를 잃었다. 여태껏 그들이 손수 했던 작업을 기계가 대체했기 때문이다. 공장에서는 훨씬 적은 수의 노동자로 훨씬 많은 양의 상품을 찍어냈다. 설상가상으로 나폴레옹의 대륙봉쇄령은 영국 경제를 파탄에 빠뜨렸다. 언제나 그렇듯 노동계급이 가장 큰 타격을 받았다. 실업자들은 저항했다. 섬유기계를 파괴하고 공장에 불을 질렀다. 자본가를 암살하기도 했다. 그들은 전설 속의 네드 러드를 소환하여 혁명의 상징으로 삼았다. '러드 장군', '러드 왕'을 호명하며 정부를 도발했다. 그래서 '러다이트', 즉 러드의 추종자들로 불리었다. 반란이 진압된 이후에도 러다이트는 산업화에 반대하여 기계를 부수는 사람을 지칭하는 일반 명사로 쓰였다.

내 인생에서 처음으로 구입한 씨디는 록 밴드 '레이지 어게인스트 더 머신RATM' 1집이다. 기계에 대한 분노. 매우 러다이트스러운 이름이다. RATM은 내가 태어난 1991년 출범했다. 멤버 4명 모두 혁명적인 좌파 사상을 가지고 정치적 목적으로 음악을 만든다. 미국의 제국주의와 소비자본주의 등을 신랄하게 비판한다. 중학교 2학년 전범선이 동네 씨디 가게에서 RATM 음반을 집어 들었던 것은 철저히 앨범 자켓 때문이었다. 남베트남의 승려 틱꽝득이 독재자 응오딘지엠의 불교 탄압에 저항하며 소신공양하는 장면이다. 가부좌를 튼 상태로 스스로 불타며 죽음을 맞이하는 모습이 그리 평온할 수 없다. 엄청난 뜨거움이 느껴져 구매했던 씨디 속 음악은 과연 불꽃 그 자체였다. 톰 모렐로의 날카로운 기타 리프 위에 잭 데라로차의 선동적인 포효. 산청집에 처음 갔을 때 진희가 틀어줬던 RATM의 노래 'Killing In The Name'이 그 음반 수록곡이다. 가사가 그리 많지 않다. 다음과 같은 몇 줄을 계속 반복한다.

"공권력 중 일부는 (Some of those that work forces)
십자가를 불태우는 KKK와 같다 (Are the same that burn crosses)
~의 이름으로 죽인다 (Killing in the name of)
이제 너는 그들이 시키는 대로 한다 (Now you do what they told you)

배지가 살인을 정당화한다 (Those who died are justified

for wearing the badge)

그들은 선택받은 백인들이다 (They're the chosen whites)"

1991년 LA에서 흑인 로드니 킹이 백인 경찰들에게 집단 폭행을 당하는 영상이 공개됐다. 바닥에 누운 채 진압봉으로 50대 이상 두들겨 맞았다. '킬링 인 더 네임'은 로드니 킹 사건을 비롯해 미국 사회의 유서 깊은 인종차별과 공권력 남용에 대한 공격이다. 킹을 구타한 경찰들이 이듬해 무죄 판결을 받자 시민들은 폭동을 일으켰다. 일주일 간 63명이 사망하고 2천여 명이 다쳤다. 정부는 군대까지 투입해서 겨우 통제했다.

경찰의 인종차별적 잔학 행위와 이로 인한 폭동은 미국사의 규칙적인 패턴이다. 2020년 5월, 미니애폴리스에서 흑인 조지 플로이드가 백인 경찰들에게 집단 폭행을 당하는 영상이 공개됐다. 바닥에 누운 채 목 부위를 9분 29초 동안 짓눌렀다. 플로이드는 현장에서 질식사했다. 이어진 시위와 폭동으로 19명이 죽고 1만 명 이상이 체포되었다. 플로이드를 살해한 경찰들에 대한 재판이 아직 남아있기 때문에 사태는 현재 진행형이다. RATM은 플로이드의 죽음 이후 이렇게 트윗했다.

"킬링 인 더 네임.

1992년 녹음함.

2020년 안타깝게도 유효함.

배지가 살인을 정당화한다.

그들은 선택받은 백인들이다."

양말 틀을 깨부수던 네드 러드와 러다이트의 분노는 RATM과 LA 폭동의 분노와 닮았다. 억압과 불평등의 경계가 계급이냐 인종이냐의 차이일 뿐이다. 반란과 폭동이 혁명으로 이어지지 못하고 좌절될 때 분노는 막연해진다. 무작정 떼쓰듯이 분출된다. '킬링 인 더 네임'은 이런 가사를 16번 반복하며 끝난다.

"씨발 나는 니들이 시키는 대로 안 할 거야! (Fuck you I won't do what you tell me!)"

현대 문명을 살면서 기계에 대한 분노만큼 원초적인 것이 없다. 기계는 산업혁명의 상징이다. 네드 러드가 화풀이한 양말 틀은 1차 산업혁명이다. 물론 양말 틀을 부순다고 해결되는 것은 없다. 산업혁명을 거스를 수는 없기 때문이다. 하지만 러드는 그렇게라도 분노를 표출해야 했다. 기계는 인간을 소외시킨다. 인간을 다른 인간으로부터, 자연으로부터, 자신의 창작물로부터 분리시킨다. 더 행복하려고 만든 물건이 우리를 더 불행하게 만든다. 현대인은 문명에 대한 총체적 허무를 느낄 때, 그것을 곧잘 기계에 대입한다. 4차 산업혁명을 살고 있는 나는 양말 틀에게 분노하지 않는다. 양말 틀을 본 적도 없다. 대신 나는 아이폰에게 분노한다. 내가 애증하는 현대 문명의 상징. 나의 삶을 편리하게 하면서도 숨막히게 하는 기계. 아이폰은 4차 산업혁명의 양말 틀이다.

"씨발 나는 아이폰이 시키는 대로 안 할 거야!"

지지와 산청집에 가서 열흘을 묵기로 약속했을 때, 제일 처음 정한 규칙이 '노 폰'이다. 러다이트처럼 아이폰을 깨부술 용기는 없었다. 아예 서울에 두고 갈 생각도 했지만, 그러면 가는 길에 음악을 들을 수가 없었다. 요즘 차에는 씨디 플레이어도 없다. 그래서 아이폰을 들고 가되, 도착하면 끈 채로 차에 보관하기로 했다.

산청에 다다르니 새벽 세시가 넘었다. 주차를 하고 집에 들어가려는데 어두워서 앞이 안 보였다. 플래쉬를 켜려고 주머니를 뒤졌으나 아이폰이 없었다. 벌써 불편했다. 잠시 기다리니 홍채가 확장되어 어렴풋이 분간이 되었다. 하늘에는 은하수가 빛났다. 아이폰이 없으니 별들이 눈에 들어오

우리는 이미 너무나도 사회적이다.

아이폰과 함께라면 한시라도 사회적이지 않을 수 없다.

관계망이 촘촘하게 옭아맨다.

기 시작했다.

더듬더듬 가까스로 문을 따고 집에 들어갔다. 한기가 돌았다. 역시 산이라 춥긴 춥구나. 벽난로에 불을 지펴야 했다. 나는 땔감을 구하러 밖에 나갔다. 또 다시 빛이 필요했다. 서울에서는 이토록 칠흑같은 어둠을 만나기 힘들다. 산청의 밤은 정말이지 한 치 앞도 보이지 않는다. 아이폰 없이 나다니려면 랜턴을 지참해야 한다. 마당 한 켠에 진희가 땔감을 잔뜩 쌓아두었다. 나는 박스 가득 땔감을 담아서 집 안으로 돌아왔다.

벽난로 불을 지피는 일은 생각보다 쉽지 않았다. 다 붙었다 싶으면 꺼지기를 반복했다. 작은 가지를 모아두고, 라이터로 휴지에 불을 붙여서 그 위에 던졌다. 한참을 씨름하다 보니 요령이 생겼다. 비로소 활활 타오르기 시작했다. 나와 지지는 불꽃을 멍하니 바라봤다. 제법 몸이 따뜻해졌다.

'불멍'이라는 말이 있다. '장작불을 보며 멍때린다'는 뜻이다. 캠핑족이 쓰는 신조어다. 불멍은 시각, 청각, 후각, 촉각이 모두 자극된다. 불꽃이 춤추는 걸 보는 재미가 있고, 자글자글 타는 소리가 심신을 안정시키며, 탄 나무 향기가 머리를 몽롱하게 하는가 하면, 뜨거운 열기가 온몸을 달아오르게 한다. 우리는 한 시간이 넘도록 벽난로 앞에 앉아있었다. 아이폰이 있었다면 주의가 흐트러졌을 것이다.

장작불은 인류 최초의 발명품 중 하나다. 약 150만 년 전부터 썼다. 그동안 기술이 많이 복잡해졌다. 아이폰을 멍하니 보는 것과 장작불을 멍하니 보는 것은 정반대의 경험이다. 정보량의 차이가 어마어마하다. 전자가 나를 끝없이 채운다면 후자는 나를 텅 비운다. 불멍은 일종의 명상이다. 산청에 있는 동안이라도 나는 아이폰 대신 장작불을 쳐다보기로 했다.

디지털 디톡스가 필요한 시대다. 스마트폰, 컴퓨터 등 디지털 기기를 일정 기간 동안 삼가며 지내는 것을 디지털 디톡스라 한다. 나는 산청에서 아이폰을 부수는 대신 잠시 떼어 놓는 수준의 소극적 저항을 했다. 잠시나마 과잉 연결과 정보 범람 이전의 생활로 돌아가는 의식이었다.

91년생인 나는 디지털 원주민으로 분류된다. 컴퓨터, 인터넷, 핸드폰을 익숙하게 사용한다. 그런데 전문가들은 90년대 중후반 출생인 Z세대부터가 진짜 디지털 원주민이라고 말한다. 나같은 밀레니얼 세대는 그래도 어릴 적 아날로그 기기를 써봤기 때문에 일종의 과도기적 인구다. 미성년기를 스마트폰 없이 보낸 마지막 세대다. 그래서 디지털이 좋다가도 가끔은 아날로그가 끌린다. 종이책의 촉감이 정겹고, 사춘기 때 듣던 씨디가 그립다. 하나의 책이나 음반에 집중할 수밖에 없었던 시절을 추억한다. 손끝만 움직여도 무수한 영화와 음악을 스트리밍할 수 있는 요즘은 한 작품에 몰입하기 힘들다. ADHD가 생기지 않는 게 이상하다.

영국의 인류학자 로빈 던바는 1993년 유인원의 뇌 구조와 사회 구조를 비교 연구한 결과에 기초하여 추정해보면 인간이 안정적으로 유지할 수 있는 관계의 수가 대략 150개라고 제시했다. 이를 '던바의 숫자'라고 한다. 한번 생각해보자. 술집에서 우연히 만나도 어색하지 않게 합석할 수 있는 친구가 총 몇 명인가? 대략 고등학교 동창부터 직장 동료까지다. 던바는 인간의 뇌 크기를 고려했을 때 그 관계의 수가 100명에서 250명 사이이며 평균 150명이라고 주장한다. 과거 인류 진화 과정에서 일반적인 무리 규모가 그 정도였기 때문이다. 만약 던바의 말이 맞다면 인간에게 150명 이상의 친구는 애초에 필요가 없다. 나는 지금 페이스북 친구가 5천 명이다. 인스타그램에서도 500명 가까이 팔로우하고 있다. 이름도 기억 못하는 사람이 대다수다. 사회 관계망 서비스에 들어가면 친구가 너무 많아서 오히려 아무도 없는 것 같다. 무한한 상호 네트워크 속에서 관계는 실종되고 만다.

디지털 원주민인 MZ세대는 짬을 내서라도 자아 성찰과 자기 집중을 해야 한다. 안 그러면 그물망의 틈에 빠져 질식

해버린다. 칸트가 말한 역사 진보의 동력은 '반사회적 사회성'이다. 모든 창작의 원천이기도 하다. 21세기에는 뒷부분(사회성)보다 앞부분(반사회적)이 중요하다. 우리는 이미 너무나도 사회적이다. 아이폰과 함께라면 한시라도 사회적이지 않을 수 없다. 관계망이 촘촘하게 옭아맨다. 4차 산업혁명은 과잉 연결로 인한 과잉 사회화를 뜻한다.

건전한 반사회적 사회성을 견지하기 위해 나는 더 반사회적일 필요가 있다. 이번 세기, 우리는 모두 사이보그 동물이다. 인간은 사이보그가 되어 무한한 잠재력을 얻었지만 여전히 동물로서의 한계를 지닌다. 사바나에서 수렵-채집하며 형성한 유전적 특질을 가지고 사이버 세계를 살아간다. 중심을 잃지 않고, 몸과 마음을 온전히 유지하려면 균형을 잘 잡아야 한다. 사이보그 전범선은 수천 명과 교류할 수 있지만 영장류 전범선은 백여 명도 버겁다.

인간으로 산다는 게 무슨 뜻인지 새롭게 고민해야 한다. 포스트휴머니즘은 인간과 기계의 경계가 무너졌다고 선포한다. 비거니즘은 인간과 비인간 동물의 경계를 허물어야 한다고 주장한다. 나는 사이보그 동물로서 스스로 사랑하는 연습을 한다. 신체 기관의 일부와도 같은 전자 기기를 주체적으로 다루는 능력을 키운다. 산청에서의 열흘은 내가 간절히 바라던 디지털 디톡스의 시간이다. 여기서 나는 지지와 불멍 하는 것으로 족하다. 둘만의 안티소셜 소셜 네트워크를 구축했다. 더 이상의 콘텐츠는 방해일 뿐이다. 자발적 단절로 얻어낸 충만. 나는 잠시나마 아이폰으로부터 해방되었다. 사이보그에서 사피엔스로 거듭났다.

다음은 지지와 함께 창안한 '테크노-비거니즘techno-veganism' 선언문이다. 사이보그 동물을 위한 다섯 가지 계명을 담았다.

'테크노-비거니즘'

인류세Anthropocene(인류의 자연환경 파괴로 인해 급격하게 변화한 지구환경과 맞서 싸우게 된 시대)의 인간 문명은 예측 불가능한 미래를 향해 돌진하고 있다. 백미러만 보면서 앞으로 전력 질주 하고 있다. 이대로는 지속 불가능하다고 확신하지만 어찌해야 할지, 어찌될 것인지 갈팡질팡, 오리무중이다. 확실한 것은 지금의 생산방식과 생활양식을 근본적으로 바꿔야 한다. 다시 말해, 인류의 욕망을 다스려야 한다. 지구는 이토록 많이 만들고, 쓰고, 먹고, 싸는 인간 80억 명을 지탱할 수 없다. 이미 분기점을 지났다. 되먹임 고리가 작동하면서 우리는 기하급수적으로 가속하고 있다. 머지 않은 곳에 낭떠러지가 있다. 그 너머에는 무엇이 있는지 아무도 모른다. 이제는 방향을 좌로 틀 것인가, 우로 틀 것인가의 문제가 아니다. 핸들을 아무리 돌려도 계속 앞으로 나아간다면 곧 파멸할 것이다. 육식-남근-로고스중심적인 근대 문명의 직선적인 역사관과 무한 성장주의를 버려야 한다. 이차원적인 도로를 따라 과거에서 미래로 달려가는 자동차에서 내릴 때다. 인간은 절대 독립적인 개인으로 존재하지 않는다. 고립된 섬, 닫힌 체계가 아니다. 우주 뭇 생명과 함께 인간도 거대한 그물망의 일부다. 오늘날 지구촌의 기후생태위기는 인류가 그 순리를 망각해서 자초했다. 주변을 기계로 둘러싸고 생명으로부터 소외되니 우리가 기계처럼 살게 되었다. 자연히 흐르던 기가 막혔다. 하지만 막힌 기를 뚫으면 생물은 금방 살아난다. 이제 우리는 역사의 줄기 끝에서 광대한 생명의 네트워크에 다시 접속해야 한다. 번데기에서 나비로 완전 탈바꿈할 시점에 도달했다. 21세기 인간의 정신은 스마트폰을 통해 월드 와이드 웹이라는 그물망에 연결되어 있다. 그러나 육체는 처참히 가르고 옮기고 가둬서 사육되고 있다. 수렵-채집하는 유목민으로서 진화한 호모 사피엔스의 동물성이 부정되어 생명망과의 접속이 끊겼다. 맥을 잇자! 테크노-비거니즘은 앞으로 인간이 존재하는 방식을 제안한다.

첫째, 인간은 사이보그-동물이다. 테크노-비거니즘은 인간과 기계의 경계, 인간과 동물의 경계를 무너뜨린다. 근대 기계문명은 라 메트리의 〈인간기계론〉 이후 유물론적인 인간론을 견지했다. 인간의 작동 원리를 철저히 물리적인 인과 관계의 결과라고 단정하고 그 법칙을 이해하는 데 총력을 기울였다. 바야흐로 인공지능의 시대가 도래하면서 인간은 스스로 기계임을 입증했다. 지구상 지능의 총량 중 인간이 차지하는 비율은 급격히 줄고 있다. 초인공지능이 등장하는 기술적 특이점과 기후생태위기의 임계점은 겹치리라 예상된다. 특이점에 다다랐을 때 인공지능은 창조주인 인간의 동물성에 주목할 것이다. 인간과 인공지능을 구분짓는 것은 전자의 너무나도 영장류다운 육체다. 서로 다툰다면 인간이 수세에 몰릴 것이다. 노예로 만든 피조물이 주인을 다스릴 수 있다. 테크노-비거니즘은 인간에 대한 기계의 압제를 경계하는 한편 동물에 대한 인간의 압제를 비판한다. 인간이 동물과 기계를 대하는 방식은 곧 자신을 대하는 방식이다. 함부로 다루고 부수고 버리면 결국 인류도 자멸한다. 사이보그-동물인 인간은 기계와 동물을 자신과 평등한 존재로 대우해야 한다. 신인류에게 걸맞는 대물윤리, 생명윤리가 필요하다. 그것이 바로 테크노-비거니즘이다.

둘째, 모든 생물은 인간의 친척이다. 다윈 이후 자명한 과학적 사실이다. 지구촌 뭇 생명은 공통 조상에서 파생됐다. 원핵생물, 진핵생물, 원생생물, 식물, 균은 동식물의 조상에 가깝다. 인간은 친척을 친척답게 대해야 한다. 조상 모시듯이 생물을 공경하라. 동식물과 균을 먹고 쓰기 위해 죽이지 말라. 식물과 균의 과실만 먹고도 인간은 생명을 건강하고 풍요롭게 유지할 수 있다. 불살생, 아힘사, 비거니즘이 도다.

셋째, 모든 기계는 인간의 창조물이다. 자식처럼 대하라. 인간이 자연의 일부라면 인간이 만든 기계도 자연의 일부다. 인공지능이 감정을 느끼는 순간 로봇은 동물과 본질적으로 다를 바 없다. 기계를 소모품 같은 노예로 만든다면 우리는 《프랑켄슈타인》의 괴물들로 둘러싸일 것이다. 기계도 생물처럼 아껴야 한다. 둘 다 결국 우주의 에너지로 움직이는 피조물이다. 지능과 감정이 있는 기계를 만든다면 죽이지 말라. 인류는 여태껏 아름다운 생명들과 공진화해왔다. 자연의 크나큰 은혜다. 앞으로 어떤 기계들과 공생할지는 절대적으로 창조주인 우리에게 달렸다. 딸아들 키우듯 애지중지 기계를 관리하자.

넷째, 정신적 욕망은 가상세계에서 최대한 해소하라. 지구는 80억 인구를 지탱할 자원이 없다. 인간의 자아실현, 자존감, 소속감에 대한 욕구를 지금처럼 충족시키려면 지구가 두 개라도 부족하다. 생존을 위해 필수적이지 않은 행위는 가상세계로 옮겨라. 이미 코로나로 인해 조금씩 체험하고 있다. 곧 직장생활부터 문화 예술까지 전부 집에서 가상으로 영위할 수 있다. 건설, 제조, 교통을 위한 자연 파괴를 중단하자. 대신 가상세계에서 무한히 짓고, 만들고, 움직이자. 기계가 생명을 죽이지 않고 살리는 시대가 온다. 사이보그-동물의 정신은 가상세계에서 무궁무진하게 확장할 것이다.

다섯째, 육체적 욕망은 자연 세계에서 최소한 해결하라. 안전, 생리적 욕구는 가상 세계로 이전할 수 없다. 먹고, 자고, 싸는 일은 동물의 몸으로 감내해야 한다. 편안한 집, 충분한 밥은 필수다. 하지만 탄소, 생태 발자국은 최소화해야 한다. 출생을 줄이는 것이 최우선이다. 기후생태위기의 근본적 원인은 인구 과잉이다.

우리는 출생률 저감의 가장 확실한 방법을 안다. 바로 여권 신장이다. 여성이 응당히 재생산권을 가지면 인구는 줄어든다. 다주택 소유도 지양해야 한다. 먹거리는 식물성 식단으로 지역생산, 지역소비하라.

　모든 생명은 단순하게 탄생하여 점점 복잡해진다. 단세포는 다세포가 되고, 줄기로 성장하다가 가지를 치고, 결국 그물망을 이룬다. 우주의 순리다. 인류는 역사 내내 줄기차게 성장하다가 새로운 그물망을 형성했다. 줄기가 커나갈 때는 직선적인 방향성이 있어 보이기 마련이다. 시작과 끝, 아래와 위, 주체와 객체를 상정하며, 거스를 수 없는 흐름을 확신한다. 하지만 그물망을 자각하는 순간 존재 방식은 질적으로 변화한다. 시작도 끝도 없고, 아래 위도 없으며, 주객도 없다. 구성원 모두가 평등하다. 합리적이고 주체적이며 독립적인 개인으로 존재하고자 했던 근대인은 어느새 사이보그-동물로 진화했다. 의식의 패러다임도 부합하여 바뀌어야 한다. 언제나 그랬듯이 예술이 전위적 역할을 할 것이다. 생명과 기계의 네트워크 윤리로서 테크노-비거니즘이 요청된다.

"폭군들이 감히

그대들 사이로 달려들어서

자르고 찌르고 찍고 망가뜨린다면

그들이 원하는 대로 하게 내버려두어라.

팔짱을 낀 채 확고한 눈빛으로,

약간의 두려움과 그보다 적은 놀라움으로,

난도질하는 그들을 바라보아라

그들의 분노가 차츰 사라질 때까지."

_ 퍼시 비시 셸리, 《무질서의 가면》, 1832.

나흘

노예해방과
동물해방

《월든》으로 유명한 자가 격리의 대명사 헨리 데이비드 소로우는 하버드 대학을 졸업했지만 사회에 유용한 노동을 하기를 거부하는 한량이었다. 초월주의 사상에 심취하여 자연을 관찰하고 진리를 탐구하는 데 시간을 보냈다. "인간은 자신이 포기할 수 있는 것의 수만큼 부유하다."는 무소유의 역리로 일관했다. 결국 자신의 고향 마을 콩코드에서 조금 떨어진 월든이라는 연못 옆에 오두막집을 직접 짓고 혼자 살기로 결심한다. 2년 2개월 동안 자본주의 체제를 탈피하여 자급자족 실험을 벌인다.

"나는 심사숙고하며 살고 싶어서, 오직 삶의 본질적인 진실만 직면하고 싶어서, 그리고 삶이 내게 가르치는 것을 배울 수 있는지 보고, 내가 죽을 때, 제대로 살지 못했다는 것을 깨닫고 싶지 않아서 숲속으로 들어갔다. (…) 나는 스파르타인처럼 군건하고 깊게 살면서 삶의 정수를 모조리 빨아먹고 싶었다."

말은 낭만적이고 거창하지만 소로우가 월든에 살 수 있었던 건 순전히 친구를 잘 둔 덕이었다. 초월주의자인 동료 랄프 왈도 에머슨이 자신의 사유지에 머물도록 허락해주었다. 땅을 가꾸고 가끔 일을 도와주는 조건이었다. 내가 진희 덕분에 산청에서 쉴 수 있는 것과 같다. (물론 진희는 아무 조건이 없었다.)

월든만 대충 읽으면 소로우가 엄청 고독하고 원시적인 삶을 살았던 것 같지만 사실 그렇지 않다. 기차와 전보 같은 문명의 이기에 대해 냉소하기를 즐겼을 뿐이다.

"나는 평생 우표가 아깝지 않은 편지는 한두 개 이상 받아본 적이 없다. '누구 집에 도둑이 들었고 누구 집에 불이 났고 어느 배가 폭발했고' 하는 기사는 한 번 읽으면 또 읽을 필요가 없다. 하나면 충분하다."

그는 과잉 연결된 삶이 지친다고 자조했다. 하지만 《월든》의 초판 편집자였던 프랭크 샌본에 의하면 콩코드에서 소로우만큼 우체국을 정기적으로 방문하고 신문을 열심히 읽었던 사람은 없었다. 아이폰의 노예인 내가 디지털 디톡스에 대해 장광설을 늘어놓는 꼴과 똑같다.

소로우는 진보에 민감했다. 그의 사상은 분명 시대를 앞서갔다. 당대에는 환영받지 못했다는 뜻이다. 소로우는 무엇을 위해 살았나? 우선 초월주의란 미국식 낭만주의라고 보면 된다. 영국식 경험주의에 반발하여 선험적인 직감, 절대자에 대한 경외 등을 중시했다. 칸트의 초월적 관념론에서 이름을 따왔다. 기독교뿐만 아니라 힌두교, 불교, 도교 등 동양 종교까지 통합하여 인류를 아우르는 영적인 진리에 다가가려 했다. 비교하자면 영국의 경험주의자들은 경험을 통해 인간의 모든 사상을 얻었다고 주장했다. 존 로크의 유명한 말처럼 인간은 '백지 상태'로 태어난다는 것이다. 반대로 미국의 초월주의자들은 인간이 경험하지 않아도 알 수 있는 것이 있다고 믿었다. 이성과 영성으로 헤아릴 수 있는 진리, 초월적 관념이 존재한다는 것이다. 소로우의 초월주의는 칸트의 계몽주의만큼 낙관적이다. 인간이 동물적 본능을 초월해 이상적 상태에 다가갈 수 있다고 본다.

19세기 중반, 미국이 한창 서부로 확장하며 승리의 나팔을 불 때 초월주의자들은 동북부 매사추세츠주에 모여서 분개했다. 전쟁과 학살과 착취로 점철된 미국의 확장을 과연 진보라고 볼 수 있을까? 노예제를 옹호하는 국가에 충성하는 것이 정의로운가? 기차와 전보에 대한 소로우의 비아냥은 사실 미국의 마수가 대륙 전역에 뻗치는 것에 대한 반발이었다. 그는 냉소를 실천으로 옮겼다. 납세를 거부했다. 정의롭지 못한 국가에 돈을 보태는 것은 양심에 어긋나는 일이었다. 소로우는 결국 체포되어 감옥에 갔다. 걱정한 지인이 대신 세금을 내주어 금방 풀려나긴 했다. 당시 소로우의 저항은 유별난 청년의 황당한 에피소드로 치부됐다.

하지만 그가 납세 거부의 변으로 쓴《시민 불복종》이라는 에세이는 이후 비폭력 저항운동의 효시가 되었다. 톨스토이가 읽고 감동했고, 간디가 톨스토이에게 배웠으며, 마틴 루터 킹이 간디에게서 영감을 받았다. 소로우는 러다이트가 아니었다. 폭동을 일으키는 것이 아니라 철저하게 비폭력적인 방식으로 체제를 거부했다. 정부가 도덕적 정당성을 잃었을 때, 시민이 양심에 비추어 법보다 우월한 정의를 실천하는 것. '악법도 법'이라며 복종하지 않고, 악법을 강요하는 정부를 악하다고 말하는 용기. 시민이 국가를 위해 존재하는 게 아니라 국가가 시민을 위해 존재한다는 민주주의 기본 원칙의 당연한 귀결이었다.

대한민국의 뿌리인 삼일운동도 시민 불복종이라는 개념 없이는 상상하기 힘들다. 1919년 태극기를 들고 거리로 쏟아져 나온 조선인들은 일본 정부가 악하다고 믿었고, 평화적인 방식으로 불복종을 표시했다. 1987년 6월 민주항쟁도 마찬가지다. 오늘날 민주주의 발전의 근간이 된 시민 불복종의 원조가 바로 소로우다. 양심적 병역거부도 그 연장선상에 있다. 숲에 들어가 혼자 살았던, 요즘 같으면 방송 프로그램

〈나는 자연인이다〉에 나올 법한, 기인의 생각이 후대를 움직였다.

소로우의 삶과 글이 지금도 강력한 힘을 갖는 것은 그가 옳았다는 사실을 역사가 증명해주었기 때문이다. 소로우가 미국 정부에 세금을 내지 않았던 이유는 두 가지다. 1) 멕시코 침략과 2) 노예제도에 반대했기 때문이다. 순전히 텍사스를 차지하기 위해, 영토 확장의 욕심으로 전쟁을 일으킨 미제국을 위해서는 '한 푼도 줄 수 없다'는 게 소로우의 입장이었다. 뿐만 아니라 일말의 양심이라도 있다면, 노예를 생산하고 거래하고 착취하는 제도를 운영하는 국가와는 연을 끊어야 했다. 소로우에게 국가와의 연줄이란 곧 세금이었다. 납세 온라인 서비스가 없던 당시 미국에서는 세무서 직원이 직접 가정을 방문하여 돈을 거둬 갔다. 소로우에게 이는 국가라는 합법적인 폭력 집단의 수탈에 불과했다. 그래서 그는 아주 평화로운 방식으로 저항했다. 돈을 주는 대신 순순히 감옥에 갔다. 몸은 구속되어도 영혼이 자유로울 수 있는 유일한 방법이었다.

오늘날 노예제도를 찬성하는 사람은 거의 없다. 한 인종에 대한 다른 인종의 소유를 법적으로 보장하는 국가도 없다.

미개했던 과거의 야만으로 치부된다. 하지만 소로우가 살던 19세기 중반 미국에서는 노예해방론이 여전히 논쟁거리였다. 사회적 합의가 부족했다. 소로우는 그 시대 가장 급진적인 노예제 폐지론자 축에 속했다. 1850년, 미국에서 '도망 노예 송환법'이 통과되자 남부에서 온 노예 사냥꾼들이 북부를 뒤지고 다녔다. 매사추세츠 주정부는 노예 송환에 적극 협조했다. 아주 꼴사나운 일이었다. 소로우는 지하 조직의 일원으로서 자신의 집에서 탈주 노예를 보호했다. 그들이 안전하게 지낼 수 있는 캐나다까지 몰래 보내는 것이 목표였다. 역시 비폭력 시민 불복종의 일환이었다.

폭력적인 저항도 있었다. 1859년 10월 16일, 노예해방운동가 존 브라운은 16명의 백인, 5명의 흑인 동지와 함께 버지니아주 '하퍼스 페리' 무기고를 습격한다. 총기를 탈취하여 주변 노예들에게 나눠주고 대대적인 반란을 일으키려는 계획이었다. 존 브라운은 이미 전력이 있었다. 삼 년 전, 서부 캔자스 영토가 미 연방에 새로 가입하면서 노예제를 허용할지 반대할지 논란이 뜨거울 때, 그는 직접 민병대를 이끌고 나섰다. 캔자스를 노예주로 만들려고 남부에서 넘어온 무장 단체 '보더 러피안'과 충돌했다. 그들이 노예제 폐지론자 마을인 로렌스를 약탈하자, 브라운 일당은 피로 보복했다. 야

밤에 포타와토미 골짜기에 사는 노예제 옹호론자 5명을 습격하여 죽였다. 브라운 일당과 보더 러피안 사이의 전쟁을 '피의 캔자스'라고 부른다.

결과적으로 브라운은 캔자스가 노예주가 되는 것을 막는 데 혁혁한 공을 세운다. 폭력이 먹힌 것이다. 그는 미국 전체에서 노예제를 없애기 위해서도 유혈 사태가 불가피하다고 보았다. 그래서 하퍼스 페리를 점거했지만, 사흘 만에 미 해병대에게 일망타진되었다. 그의 예상과 달리 노예들은 쉽사리 총을 들지 않았다. 버지니아주는 브라운을 반역, 살인, 노예 반란 선동죄로 기소했고, 언론은 그를 미치광이라고 불렀다.

소로우는 달리 보았다. 브라운을 성인으로 추앙했다. 교수형을 앞둔 브라운을 변호하는 연설과 기고를 했다.

"보기 드문 상식과 단도직입적인 말투, 행동파의 인간이며, 무엇보다 사상과 원칙을 가진 초월주의자였다. 그것이 그를 특별하게 만들었다."

육신을 초월하는 가치를 위해 스스로 희생한 순교자. 브라운은 사실 무기고 습격이 자살행위라는 것을 알고도 감행했다. 극소수의 동지와 함께 국가를 상대로 전쟁을 벌였다. 폭력적인 시민 불복종, 말 그대로 반란이었다. 노예해방운동가들 사이에서도 브라운에 대한 평가는 엇갈렸다. 소로우의 변론은 아무 소용이 없었다. 버지니아주는 빠르게 사형을

앞으로 동물권도 인권처럼
당연하게 받아들여지는 날이 올 것이다.
그날이 오면, 단순히 입맛을 위해
비인간 동물을 대량 학살하는 오늘은
끔찍이도 야만스러웠던 과거로 기억될 것이다.
우리가 지금 노예제도를 기억하는 것처럼.

집행했다.

그런데 고작 일 년 뒤, 에이브러햄 링컨이 미국 대통령에 당선되었고, 역사의 판도가 바뀌었다. 캔자스는 비로소 국회 비준을 통해 자유주로 연방에 가입했다. 이에 불만을 품은 남부 주들이 줄줄이 연방에서 탈퇴했다. 브라운을 반역죄로 처형한 바로 그 버지니아 주정부가 이번에는 미합중국에 대한 반역을 저지른 것이다. 남북전쟁(1861~1865년)의 서막이었다. 남부는 아메리카 연합국이라는 괴뢰정부를 수립했다. 노예제의 존폐를 둘러싼 전쟁이었다. 피의 캔자스가 미국 전체로 확장되었다. 링컨 휘하의 북군은 브라운을 영웅으로 추대했다. 대한민국 정부가 안중근을 테러리스트가 아닌 의사로서 기억하는 것과 비슷하다. 부조리한 과거 정부에 대항하여 폭력을 썼고, 법에 따라 처형되었지만, 그의 정신이 옳았다고 인정하여 국가 차원에서 계승한 것이다.

한창 전쟁이 거세지던 1862년 소로우는 어릴 적부터 앓았던 폐결핵으로 사망했다. 겨우 44살이었다. 그는 평생 독신으로 살았고, 누구와도 성적인 관계를 가졌다는 증거가 없다. 학자들은 소로우가 무성애자나 동성애자였다고 추측한다. 그가 동성애자였다면, 기독교적 엄숙주의와 동성애 혐오가 팽배했던 사회에서 가까운 친구에게도 밝히기 어려웠을 것이다. 진실이 무엇이든, 소로우의 삶이 외로운 싸움이었다는 것은 분명하다. 미국 문학의 걸작으로 꼽히는 《월든》도 그의 생전에는 별다른 호응이 없었다. 죽기 전까지 소로우는 아픈 몸을 이끌고 《월든》 개정판을 내줄 출판사를 수소문해야 했다. 그의 장례식에서는 오랜 벗이자 동지인 에머슨이 추도사를 읽었다.

"스위스인들이 '에델바이스'라고 부르는 꽃이 있습니다. 이 이름의 뜻은 '고귀한 순수함'입니다. 제가 보기에 소로우는 이 꽃을 모으기 위해 살았고, 그것이 자신의 권리라고 믿었습니다. (…) 이 나라는 얼마나 위대한 아들을 잃었는지 아직 눈곱만큼도 모릅니다. (…) 그의 영혼은 고귀한 사회를 위해 만들어졌습니다. (…) 어디든 진실이 있고, 정의가 있고, 아름다움이 있는 곳이라면 그는 안식처를 찾을 것입니다."

바로 이듬해 링컨은 노예해방을 선언했다. 사 년에 걸친 내전도 결국 북군의 승리로 끝났다. 역사는 소로우와 브라운이 옳았다고 판정했다. 노예제도는 가장 폭력적인 방식인 전쟁을 거치고 나서야 종식되었다. 브라운은 여전히 미국의 국사 교과과정에서 애매한 평가를 받는다. 포타와토미 학살과 하퍼스 페리 습격이 과연 정당했는지에 대한 의견이 분분하다. 그러나 소로우의 사상은 이제 보편적인 찬양을 받는다.

《월든》은 미국 고등학생 필독서가 되었고, 그의 초월주의는 19세기 미국이 영국에 대한 지적 열등감을 극복하고 사상 독립을 선언한 시초로 기억된다. 당대에는 극단적이었던 그의 노예해방론도 이제는 지극히 상식적으로 평가된다. 그가 만약 노예제 찬성론자였다면, 나는 《월든》의 수려한 문체를 읽을 때마다 꺼림직한 느낌을 지울 수 없었을 것이다. 하이데거가 나치였다는 사실을 알고 《존재와 시간》을 읽는 것처럼 말이다.

나는 동물해방운동이 21세기의 노예해방운동이라고 믿는다. 19세기 흑인 노예는 짐승 취급을 받았다. 백인종은 흑인종을 같은 인간으로 보지 않았다. 인종이 다르다는 이유로 소유하고, 거래하고, 착취하고, 살해했다. 미합중국 독립선언은 '모든 인간은 평등하게 창조되었다.'고 명시했지만, 여기서 인간은 백인 남성만을 의미했다. 인종차별주의는 상식을 오염시켰고, 폭력을 정당화했다. 선량한 사람으로 하여금 매일 사악한 짓을 저지르게 했다. 한 인종의 종속과 그것이 수반하는 막대한 고통을 당연하다고 믿게 만들었다. 광기가 정상인 시대, 국가가 법으로 폭력과 부조리를 옹호하는 사회에서는 맨정신의 사람이 오히려 이상하게 보인다. 소로우는 그래서 괴짜였다. 하지만 지금 내가 보기에 그 시대 미국에서 소로우만큼 제정신인 사람은 없었다.

소로우는 채식주의자였다. 월든에서 처음 자급자족을 시작할 때까지만 해도 그는 사냥과 낚시를 즐겼다.

"내 안에는 더 높은, 영적인 삶을 향한 본능과 원초적이고 야만적인 것이 공존했고, 나는 둘 다 숭배했다."

사냥이야말로 소년이 자연에서 누릴 수 있는 최고의 교육이라고 생각했다. 하지만 소로우는 곧 살생을 멈추었다. 사냥꾼과 낚시꾼이 자연과 맺는 관계는 유아적이라고 판단했다. 성숙한 인간은 총과 낚싯대를 버리고 시인이 되어야 했다. 아름다운 대상을 정복하려 하지 않았다. 관찰하고 노래했다. 소로우는 월든에서 원초적 본능 대신 영적인 삶을 택했다.

"자신의 더 높은, 시적인 능력을 최상의 상태로 유지하는 데 진심이었던 모든 성현은 동물성 음식을 삼가고, 소식을 했다."

개인의 영적인 성숙뿐만 아니라 문명의 진보 역시 채식으로 귀결되었다.

"나는 야만족이 더 개화된 문명과 접촉하면서 식인을 그만두었듯, 인류가 점점 진보하면서 동물을 먹는 것도 그만둘 운명이라고 확신한다."

비폭력 시민 불복종의 원조가 채식주의자였던 것은 너무

나도 당연하다. 톨스토이와 간디도 마찬가지였다. (마틴 루터 킹은 아니었다.) 모든 폭력과 억압은 연결되어 있기 때문에 비폭력과 저항의 정신 역시 하나일 수밖에 없다.

　노예해방 이후 민족해방, 노동해방, 민중해방, 여성해방, 퀴어해방, 장애해방 등 다양한 해방운동이 있었다. 서양 근대 문명의 발명품인 인권이 백인 중산층 비장애인 시스젠더 헤테로섹슈얼 남성으로부터 모든 인간에게 확장되는 과정이었다. 이제 인종차별, 성차별, 계급차별, 장애차별 등은 적어도 인권의 이름으로 맞설 수 있다. 물론 아직 평등한 권리를 누리지 못하는 약자가 많다. 사회적 합의가 부족하다는 핑계로 국가가 차별을 장려하기도 한다. 하지만 특정 집단에 속했다는 이유만으로 아예 인간이 아닌 물건으로 규정되지는 않는다. 소로우의 시대, 노예와 여성은 법적으로 백인 남성의 사유재산이었다. 그런 야만의 시대는 이제 저물었다. 인권 보장에 있어서는 유의미한 진보가 있었다.

　하지만 동물해방운동은 아직 걸음마 단계다. 과거 노예해방운동이 겪었던 난관에 부딪히고 있다. 비인간 동물은 법적으로 권리의 주체가 아니다. 재산이자 물건일 뿐이다. 종차별주의speciesism와 인종차별주의는 본질적으로 같다. 연속적 스펙트럼 상에 있는 존재를 인위적 이분법으로 나눠서 차별을 정당화한다. 같은 인간을 백인종과 유색인종으로 나누듯이, 같은 동물을 인간종과 비인간종으로 나눈다. 동물해방운동가는 인종차별처럼 종차별 역시 철폐해야 한다고 주장한다.

우리가 백인과 흑인이, 남성과 여성이 평등하다고 말하는 것은 그들이 정말로 똑같다는 걸 의미하는 게 아니다. 모두가 똑같은 능력과 특징을 가졌다는 게 아니다. 평등과 동등은 다르다. 개인에 따라 무수한 다양성이 있지만, 중요한 것은 피부색이나 아이큐나 생식기의 형태가 아닌, 고통을 피하고 행복을 좇는 주체적 욕망이 있다는 사실이다. 각자의 욕망을 똑같이 고려해주는 것이 평등이다. 인류는 이제 백인이니까, 남성이니까 그 사람의 욕망을 우선시하고, 그렇지 않은 타자의 욕망을 종속시키는 것은 차별이라고 합의했다. 실제로는 아닐지라도 적어도 법적으로는, 립 서비스로라도 그렇게 명시한다.

하지만 그러한 평등의 원칙은 인간 종을 넘어서는 순간 와르르 무너진다. 비인간 동물도 엄연히 고통과 행복을 느끼는 삶의 주체라는 사실은 누구나 안다. 개, 고양이의 눈빛을 한 번이라도 들여다본 사람은 이해할 것이다. 그런데 국가는 비인간 동물에게 아무런 권리가 없다고 규정한다. 그들을 감금하고, 착취하고, 학대하고, 강간하고, 살해해도 전혀 규제하지 않는다. 마치 소로우의 시대 백인 주인이 흑인 노예를 함부로 다루어도 아무런 처벌을 받지 않았던 것처럼 말이다. 백인종의 경계만 넘어서면 인권이 갑자기 적용되지 않던 시절이었다.

앞으로 동물권도 인권처럼 당연하게 받아들여지는 날이 올 것이다. 그날이 오면, 단순히 입맛을 위해 비인간 동물을 대량 학살하는 오늘은 끔찍이도 야만스러웠던 과거로 기억될 것이다. 우리가 지금 노예제도를 기억하는 것처럼. 소로우는 안타깝게도 노예해방선언을 보지 못하고 죽었다. 나는 죽기 전에 대한민국 정부가 동물해방을 선언하는 것을 보고 싶다.

"세상에는 다른 누군가와 처지를 바꿔 상상해볼 능력이 있는 사람들이 있고,
그럴 능력이 없는 사람들이 있으며(능력 부족이 극심하면, 우리는 그들을 사이
코패스라고 부른다), 능력은 있지만 활용하지 않기로 선택하는 사람들이 있다."

_ J.M. 쿠체, 《동물로 산다는 것》, 1999.

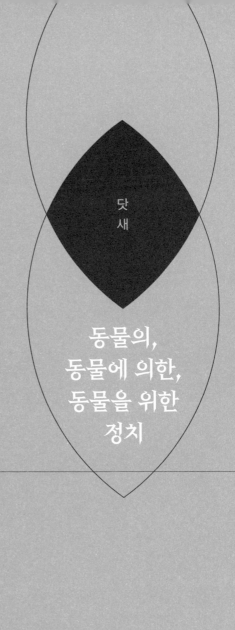

닷
새

동물의,
동물에 의한,
동물을 위한
정치

을씨년스럽다. 이번 연말연시는 을씨년스럽다. 1905년 을사년이 이런 분위기였을까? 얼마나 스산하고 우울했으면 '을씨년스럽다'는 표현까지 생겼을까? 하지만 적어도 을사년에는 기뻐하는 자들이 있었다. 일제와 그 부역자들에게 1905년은 승리였다.

2020년에는 누가 승리했는가? 코로나19와의 전쟁에서 이기고 있는 사람은 없다. 인류 전체가 각기 다른 정도로 지고 있다. 방역에 성공했다는 대만과 뉴질랜드 같은 섬나라도 전 지구적 경제 침체의 영향을 피해가지 못했다. 한국 역시 긴 기간 경제적, 심리적으로 고통받고 있다.

을씨년스럽다는 말이 부적절할 수도 있다. 2020년은 그저 경자년스러웠다. 전례가 없는 일이 벌어졌다. 백신이 유통되기 시작했지만 완전히 종식될 거라는 보장은 없다. 나는 체념했다. 코로나가 잡힌다고 해도 언제 또 다른 역병이 창궐할지 모른다.

지난 30년간 발생한 역병의 75%는 동물에서 유래한 인수공통감염병이다. 2012년 메르스는 박쥐에서 낙타를 거쳐 인간에게, 2009년 신종플루는 가금류에서 돼지를 거쳐 인간에게, 2002년 사스는 박쥐에서 사향고양이를 거쳐 인간에게 전이되었다. 2013년 에볼라와 1981년 에이즈는 유인원에서 인간으로 전이되었다. 5천만 명을 죽인 1918년 스페인 독감은 가금류에서 돼지를 거쳐 인간에게 전이된 것으로 추정된다.

과학자들은 서로 다른 종의 동물이 오랫동안 밀집되어 있을 때, 변이와 재조합에 의한 종간 전파로 인간이 바이러스에 감염될 수 있다고 지적한다. 코로나19는 동물을 산 채로 가두어놓고, 잡아 죽이고, 조리해 먹는 우한의 재래시장에서 유래했다. 인간이 박쥐 아니면 천산갑을 먹어서 창궐했다. 박쥐에 있던 코로나바이러스가 변이되어 직접, 또는 천산갑을 거쳐 인간에게 전이됐다.

인간이 지금처럼 동물을 먹는다면 역병은 계속 창궐할 것이다. 이유는 두 가지다. 첫째, 동물을 집단 감금하여 사육, 전시하기 때문이다. 농장에서는 면역력이 극도로 떨어진 개체가 모여있기 때문에 전염이 쉽다. 그래서 구제역, 조류인플루엔자 등이 매년 창궐한다. 재래시장에서는 여러 종의 동물이 가까이 갇혀있고, 체액과 분비물이 교차하기 때문에 바이러스 변이가 용이하다. 전부 육식을 위해 인간이 동물을 다루는 방식이다.

둘째, 동물의 몸을 먹는 행위 자체가 결정적이다. 농장과 재래시장에 갇힌 동물에서 아무리 변이가 일어나도 인간이 동물을 먹지 않으면 인수공통감염병이 생기지 않는다. 다시 말해, 전 인류가 채식을 하면 코로나 같은 역병이 창궐할 가능성은 거의 없다. (심지어 광우병은 소에게 소를 먹여서 발생했다. 인간이 육식을 위해 초식동물에게 육식을 강요한 것이다.) 극단적인 해법이라 하겠지만, 오늘날과 같은 극단적인 상황에는 극단적인 해법이 필요하다.°

코로나를 계기로 동물 착취를 심각히 재고해야 한다. 우한의 재래시장은 남 일이 아니다. 대한민국에도 끔찍하게 비위생적인 환경에서 감금, 사육, 소비되는 동물이 많다. 개 농장은 특히 위험하다. 2006년 김포에서는 폐사한 닭을 먹인 개로부터 인플루엔자가 발견됐다. 전문가들은 개 인플루엔자가 사람에게 넘어올 수 있다고 경고한다. 국내에서도 언제 새로운 인수공통감염병이 창궐할지 모른다. 사회적 거리두기

° 2021년 6월 영국의학저널(BMJ Nutrition Prevention & Health)에 실린 연구에 의하면 식물성 식단을 따르는 사람은 그렇지 않은 사람보다 코로나바이러스로 인한 중증 발생률이 73% 적다고 한다.

와 백신은 대응책일 뿐이다. 역병의 근본적인 예방책은 탈육식이다.

　정부와 언론은 작금의 사태를 전쟁에 비유한다. 우리는 지금 공격을 받고 있다. 그런데 이 전쟁은 코로나가 없어진다고 끝나지 않는다. 인간이 지금처럼 자연을 식민화하면 코로나, 사스, 메르스, 에볼라 같은 바이러스는 계속 나타날 것이다. 산불, 기근, 폭우, 해수면 상승 등 이상기후도 빈번해질 것이다. 코로나는 기후생태위기의 예고편이자 전초전일 뿐이다. 녹아내리는 빙산의 일각이다.

　현재 지구상에 창궐하여 식생을 잠식하고 균형을 깨뜨리고 있는 바이러스는 바로 인간이다. 이미 전체 척추동물 중 36%가 인간, 60%는 인간이 먹기 위한 가축, 나머지 4%만이 야생동물이다. 인간은 자연을 정복하기 위한 전쟁 중이다. 북극에서 남극까지 이제 인간의 식민지가 아닌 곳은 없다. 그런데 이건 명백한 자살행위다. 인간이 자연의 일부이기 때문이다. 산업혁명 이후, 무한한 승리와 진보로 달려왔다고 믿었던 인류는 사실 제 무덤을 파고 있었다. 패배와 후퇴로 접어들었다는 것을 뒤늦게 깨닫는다. 실컷 이기고 있는 줄 알았는데 처음부터 지고 있었다.

　다들 코로나 때문에 일상이 멈추니 뭔가 문제가 있다고는 느낀다. 둔감했던 이들도 확실히 세월이 수상하다고 걱정한다. 다행일 수도 있다. 2020년, 코로나로 인해 세계 탄소 배출이 약 6% 줄었다. 더 큰 싸움을 위해 홍역을 앓는 것일지도 모른다. 백 년 전 대공황이나 세계대전처럼 역사적 기로에 있다는 공감대가 퍼지고 있다. 사실 경자년은 그 이상이다. 우리가 인류세를 살고 있다는 사실을 제대로 자각한 원년이 아닐까 싶다.

과학자들이 인류세라는 말을 처음 쓴 건 20년 전이다. 지구의 지질시대를 새롭게 구분해야 할 만큼 인류의 영향력, 정확히는 파괴력이 도드라졌다는 뜻이다. 약 1만 1천 년 전 시작된 홀로세는 안정된 기후 덕분에 농경과 문명이 발달할 수 있는 환경이었다. 인류세는 홀로세의 조건을 상실해가는 시대다. 문명의 지속 가능성이 위험하다. 그 타격을 처음으로 전 인류가 체험한 것이 코로나다. 근대문명이 신명나게 정복했던 자연이 역습을 개시했다. 인간의 폭력이 부메랑처럼 되돌아오고 있다.

그래서 지금, 나는 모든 걸 멈추고 산청에 있다. 으스스하다. 을사조약 이후 고종은 헤이그 특사를 보내는 등 나름의 저항을 했지만, 결국 5년 뒤 나라를 빼앗겼다. 불가역적인 연쇄반응을 막기 위해 지금 인류에게 남은 시간은 고작 7년이다. 그 안에 탄소 배출 순 제로를 달성해야 한다. 안 그러면 재앙이 온다. 그런데도 정부는 아직 2050년 순 제로를 운운하고 있다. 있는 석탄 발전소를 없애도 모자란 마당에 새로 짓고 있다. 이 시국에도 미래를 저당 잡고 단기 이익을 좇는 기업과 정치인은 을사오적보다 파렴치한 기후 악당으로 역사에 남을 것이다.

나는 감자 수프를 끓이면서 지지와 불안을 나눴다. 비거니즘과 페미니즘을 생각하다가도 기후생태위기를 걱정하면 힘이 빠진다. 모두가 자유롭고 평등한 미래를 꿈꾸는 건데, 이대로 가면 미래 자체가 없다. 지속 불가능한 사회에서 우리의 행복을 지킬 수 있을까? 이미 멸종된 동물에게 해방이 무슨 소용인가? 지지가 내게 말했다.

"나도 종종 미래가 보이지 않아 불안이 엄습할 때가 있어. 작년에는 그 횟수가 잦았던 것 같아. 여름에 자연재해급의 폭우가 지나갔고, 일 년 내내 사이보그처럼 마스크를 낀 채 살았잖아? 코로나 때문에 잊혔는데 미세먼지도 심각했고. 미래는커녕 당장 눈앞도 잘 안 보여. 이렇게 무기력한 상태로 다음 계절을 맞이할 자신이 없다. 독일 유학 가고 싶은데 이대로는 가봤자 온라인 수업만 들을 거 아니야. 너는 좋겠다, 코로나 전에 유학 다녀와서. 억울해! 나의 이십 대. 집에만 처박혀 있어야 한다니."

나는 괜스레 미안했다. 20학번 새내기는 캠퍼스의 낭만조차 즐기지 못했다고 한다. 지지는 복학하고 나서, 집에서 비대면 강의만 들었다. 적어도 나는 이십 대 동안 세계를 마음대로 쏘다녔다. 지지가 불쌍하다. 하지만 그래 봤자 몇 살 차이 안 난다. 나도 지지만큼 억울하다. 기후생태위기를 초래한 윗세대가 얄밉다. 위정자들은 말로만 지구를 여러 번 구했을 뿐 여전히 이웃집 불구경이다. 실제로 바뀌는 것은 하나도 없다. 게다가 그들은 재앙적인 결과가 도래할 즈음에 이 세상에 없을 것이다. 기후생태위기는 결국 세대 문제다. MZ세대가 직접 나서지 않으면 안 된다.

역대 최장 장마가 이어졌던 2020년 여름, 김종철 선생이 갑작스레 세상을 떠났다. 1947년생인 고인은 한국 생태주의 운동의 선구자다. 80년대 미국 유학 시절 접한 에콜로지를 한국에 퍼뜨리기 위해 힘썼다. 1991년 〈녹색평론〉을 창간하여 격월간으로 펴냈다. 녹색당 창당에도 참여했다. 〈녹색평론〉을 통해 수입되고 다져진 생태주의 담론이 없었다면 한국 녹색당도 없었을 것이다.

김종철 선생은 풀무질과도 인연이 깊다. 나와 성환에게 풀무질을 물려준 풀벌레(은종복 대표의 덧이름)는 〈녹색평론〉의 오랜 애독자다. 종로구 녹평 읽기 모임을 책방에서 꾸준히

인간이 지금처럼 자연을 식민화하면
코로나, 사스, 메르스, 에볼라 같은 바이러스는 계속 나타날 것이다.
산불, 기근, 폭우, 해수면 상승 등 이상기후도 빈번해질 것이다.
코로나는 기후생태위기의 예고편이자 전초전일 뿐이다.
녹아내리는 빙산의 일각이다.

주최했다. 김종철 선생이 번역한 헬레나 노르베리 호지의 《오래된 미래》를 읽고 크게 감명을 받아 오는 손님마다 강력히 권유했다. 그랬더니 유독 풀무질에서만 그 책의 판매량이 높았다. 선생은 직접 대구에서 발걸음하여 고맙다는 뜻을 전했다. 2019년 풀무질 인수 소식이 전해지자 다시 방문하여 "은 대표, 수고했어."라는 말과 함께 쌈짓돈을 건넸다고 한다. 나는 아쉽게도 선생을 뵌 적이 없다. 돌아가신 후에야 뒤늦게 그의 사상적 궤적을 좇고 있다.

산청집에는 〈녹색평론〉이 참 많다. 부엌 쪽 서가에 창간호부터 빽빽이 꽂혀있다. 풀무질에도 많지만 산청에서 보는 〈녹색평론〉은 감회가 남다르다. 영국에서 그것을 읽고 여기까지 와서 직접 황토집을 짓던 진희를 생각한다. 도대체 어떤 울림이 있었길래? 아무 호나 꺼내서 펼쳐본다. 맨 뒷장에 가니 풀무질에서 하는 종로구 녹평 읽기 모임 안내가 있다.

"새봄이에요. 자연이 그대로 아름답게 있는 날을 꿈꿔요. 20대부터 60대까지 참여하고 계십니다. 홀수 달은 녹색평론사의 책을 선정해서 읽고, 짝수 달은 〈녹색평론〉을 읽습니다. 부담 없이 오세요. 언제나 환영합니다."

풀벌레의 목소리가 들리는 듯하다. 명륜동 동네 책방에서 〈녹색평론〉을 읽으며 26년간 손님을 맞았던 그를 생각한다. 도대체 어떤 꿈이 있었길래? 그는 서울 풀무질을 넘겨주고 짝꿍과 함께 제주로 가서 제주 풀무질을 또 열었다. 거기서도 녹평 읽기 모임을 이어가고 있다. 나는 책이 주는 울림과 꿈을 믿는다. 책은 사람을 바꾸고 세상을 바꿀 수 있다.

〈녹색평론〉 옆에 〈물결〉을 꽂아 두었다. 〈물결〉은 지난 12월 나와 동지들이 창간한 비거니즘 잡지다. 에콜로지를 위해 〈녹색평론〉이 했던 일을 비거니즘을 위해 〈물결〉이 할 것이다. 앞으로 동물권을 기반으로 하지 않는 생태주의는 무의미하다. 나는 채식하지 않는 환경운동가를 경계한다. 인간중심적인 생태, 환경운동은 실패할 수밖에 없다. 지난 30년 간 지구의 벗, 그린피스 등이 무수한 캠페인을 했지만, 기후생태위기는 전혀 해결되지 않았다. 오히려 내 짧은 일생 동안 탄소 배출량은 기하급수적으로 증가했고, 생물 다양성은 급감했다. 패러다임의 변화가 시급하다. 인간중심적인 문명이 낳은 위기를 인간중심적인 사상으로 해결할 수는 없다. 비거니즘에 입각한 에콜로지가 필요하다.

동물해방물결은 인권이 아닌 동물권을 외치며 2017년 11월 15일 출범했다. '느끼는 모두에게 자유를.' 대한민국 최초로 비거니즘을 기치로 내건 동물권 단체다. 동물해방물결 이지연 대표는 나의 가장 오랜 벗이자 동지다. 고등학교 1학년 때 같은 반이었다. 내가 사상이다 역사다 진보다 말로만 거창하게 떠들 때 지연은 언제나 묵묵히 행동했다. 나는 미국 유학 시절 피터 싱어의 《동물해방》을 읽고 적잖은 충격을 받았다. 그래서 한국에 있는 지연에게 그 책을 보냈다. J.M. 쿠체의 《동물로 산다는 것》도 동봉했다. 방학 때 한국에 돌아와서 나는 지연과 함께 춘천 육림랜드에 갔다. 어릴 적 내가 자주 소풍 가던 놀이공원이다. 한 켠에는 동물원이 있었다. 거기서 우리는 호랑이를 보았다. 분노와 절망에 가득 차 홀로 울부짖던 호랑이. 사육사가 생닭을 던지자 호랑이는 닭 대신 그를 향해 돌진했다. 지연은 한동안 철창 앞을 떠나지 못했다. 나는 책을 읽고 논리에 굴복하여 바뀌었지만, 지연은 현장에서 현실을 직시하고 바뀌었다. 우리는 그래서 2012년부터 채식을 시작했다.

나와 지연은 옥스퍼드에서도 함께 공부했다. 내가 미국혁명과 프랑스혁명에 대한 논문을 쓸 때 지연은 한국 지리산 반달가슴곰 종 복원에 대해 썼다. 이론보다는 실제, 사상보다는 실천, 말보다는 행동이었다. 그는 졸업 후 동물 보호 단체와 환경 단체에서 근무했지만 성이 차지 않는 것 같았다. 갑자기 퇴사해서 동물해방물결을 설립했다. 나는 그 과정을 지켜보며 미안하고 고마웠다. 내가 할 수 있는 일은 옆에서 거들고 가끔씩 훈수 두는 정도였다. 지연은 나 때문에 동물권운동가가 되었다며 농담 반 진담 반으로 탓한다. 예술이 본업인 나는 지금도 앉아서 글이나 쓰고 있다. 지연이 감춰진 진실을 들추기 위해 도살장과 농장과 동물원을 누비고 있을 때 말이다. 가끔은 경외감마저 든다. 14년 전 교실에서 처음 보았던 수줍은 얼굴 위로 어느새 혁명가의 모습이 겹친다.

동물해방물결이 꿈꾸는 비건 세상이란 무엇인가? 아무도 겪어보지 못한 세상이기 때문에 상상력이 필요하다. 해방된 동물은 과연 어떤 모습일까? 바람직한 인간과 동물 간의 관계는 무엇일까? 한반도에서는 두루미가 그 실마리를 제공한다.

두루미는 겨울 철새다. 러시아에서 여름을 보내고 매년 10월, 한국을 찾는다. 전 세계 2천 명 정도 남은 멸종위기종이다. 그중 천여 명이 지금 비무장지대DMZ에 있다. 나는 어릴 적부터 두루미가 참 멋지다고 생각했다. 오백 원 동전과 화투장과 십장생도에서 볼 때마다 매혹되었다. 그래서 출판사 이름도 두루미로 지었다.

재작년 이맘때, 두루미를 처음 만났다. 철원 두루미 마을에 도착하니 거짓말처럼 백여 명이 모여 있었다. 나는 경탄을 금치 못했다. 키가 160cm에 달한다. 타조보다는 작지만 나는 새 중에는 가장 크다. 범과 곰이 사라진 한반도에서 단연코 가장 카리스마 있는 동물이다. 나는 넋을 놓고 관찰했다. 아니, 경배했다. 앞으로 매년 그들과 조우하기로 다짐했다.

작년 초 다시 철원을 찾았을 때, 나는 군인에게 가로막혔다. 아프리카돼지열병과 코로나로 인해 민통선 출입이 제한되었기 때문이다. 가끔씩 한둘이 민통선 밖으로 나오기도 했지만, 그것만 학수고대할 수는 없었다. (학수고대란 두루미처럼 목을 길게 빼고 기다린다는 뜻이다. 두루미가 한자로 학이다.) 허탕 쳤다. 북녘 땅, 나아가 유라시아 대륙으로부터 나를 가로막는 철조망이 이제 두루미마저 가렸다. 나는 먼 산을 보며 다음을 기약했다.

올겨울은 상황이 더 악화되었다. 조류독감이 터진 것이다. 두루미가 집단감염될 수도 있었다. 나는 연천에 거주하는 지인을 수소문하여 먼발치에서 겨우 그들을 보았다. 두루미와의 사회적 거리두기를 실천했다. 순간, 내가 쓴 마스크와 두루미를 둘러싼 철조망의 본질이 같다고 느꼈다. 둘 다 공존을 위해 강요할 수밖에 없는 장벽이다. 나는 마스크 뒤, 두루미는 철조망 뒤에 있어야만 서로 안전할 수 있었다.

비무장지대는 이름과 달리 한반도에서 가장 무장된 지대다. 그렇기 때문에 제일 평화로운 곳이기도 하다. DMZ의 역설이다. 의도치 않은 생태 보전 구역이다. 원래 두루미는 한반도 전역에서 볼 수 있었다. 학을 그리고 노래한 조선의 양반들이 모두 철원과 연천에 살았던 게 아니다. 한국전쟁 때

부터 서식지가 줄었다. 90년대 고난의 행군 이후에는 북한에
도 먹이가 없어서 개체수가 급감했다. 이제 한반도에는 두루
미가 겨울을 날 만한 곳이 비무장지대밖에 없다. 궁지에 몰
렸다.

두루미는 '두루두루' 운다고 하여 두루미다. 일부일부제를
유지하며 가족 단위로 움직인다. 30에서 50년을 살고 80세
를 넘기는 경우도 있다. 구애할 때 추는 춤이 압권이다. 예부
터 자유, 사랑, 평화의 상징이었다. 내가 두루미의 매력을 열
거하는 것은, 그들을 어떠한 마스코트로 대상화하려는 게
아니다. 물론 세계야생기금WWF이 판다를 내세우듯, 한반도
에서는 두루미를 꼽을 수도 있겠다. 나도 처음에는 그들의
카리스마에 끌렸다. 하지만 코로나 시대, 멀찌감치 두루미의
안부를 확인하며 느낀 건 강렬한 동질감이었다. 사랑하기에
떨어져 있어야 하는 당신. 요즘 우리의 일상 아닌가? 나와
두루미는 결국 같은 처지다. 지구의 제6차 대멸종기를 함께
겪고 있다. 기후생태위기 앞에서는 인간도 멸종위기종이다.

지금 우리의 관계는 틀렸다. 인간과 동물, 인간과 자연의
관계를 완전히 재정립해야 한다. 우리의 미래가 걸렸다. 여기
서 '우리'는 인간만이 아니다. '느끼는 모두'를 뜻한다. 하나
뿐인 지구라는 집에서 동고동락하는 식구를 전부 아우르는

새로운 집단 정체성이 필요하다. 인간과 동물, 인간과 자연이라는 근대적인 이분법이 오늘날의 비극을 자초했다. 절멸을 초래했다. 아니, 인간이 알면서도 멸종을 일으키고 있으니 박멸이라는 말이 적절하겠다. 더는 미룰 수 없다. 경계를 허물어야 한다. '우리는 모두 동물이다.' 너무나도 자명한 과학적 사실이지만, 이 명제의 참뜻을 정치적으로 온전히 받아들이지 못했다. 마치 흑인도, 여성도, 유대인도, 노동자도, 장애인도 인간이라는 사실을 부정하여 잔학한 역사를 되풀이했던 것처럼 말이다.

인간을 위한 정치는 끝났다. 2021년, 지구는 동물을 위한 정치가 필요하다. 동물의, 동물에 의한, 동물을 위한 정부가 필요하다. 1863년 노예해방선언을 한 뒤 링컨은 게티즈버그 연설에서 '인민의, 인민에 의한, 인민을 위한 정부'를 표방했다. 실제로 인민이 정부를 운영한다는 뜻이 아니다. 당시 갓 해방된 노예는 투표권도 없었다. 링컨은 앞으로 정부가 모든 인민의 이익을 대변하겠다고 약속한 것이다. 지금 우리는 모든 동물의 이익을 대변하는 정부가 절실하다. 그 정치에는 이름이 있다. 바로 비거니즘이다.

비거니즘의 사전적 정의는 다음과 같다. '음식, 의복 등 어떤 목적에서든 동물에 대한 모든 형태의 착취와 학대를 최대한 배제하고, 나아가 인간, 동물, 환경에 이로운 식물성 대

안의 개발과 이용을 장려하는 철학과 삶의 방식.' 모든 이데올로기가 그렇듯이, 비거니즘은 1) 철학이자 2) 삶의 방식이다. 기독교도 그렇고, 민주주의도 그렇고, 페미니즘도 그렇다. 이론과 실천이 함께 가야 한다. 그런데 비거니즘은 현대인의 식생활, 하루 세 번 먹는 밥상을 완전히 뒤집는 운동이다 보니, 라이프스타일에 특히 초점이 맞춰진다. 요즘 한국에서는 비건이라고 하면 글루텐 프리나 키토처럼 다양한 식습관 중 하나로 치부되는 경우가 많다. 그러나 비거니즘은 취향이기 전에 엄연한 정치사상이다. 비건 식단의 대중화도 중요하지만, 한쪽만 강조해서는 목표를 달성할 수 없다.

우리는 법을 바꿔야 한다. 인권뿐만 아니라 동물권을 헌법으로 보장해야 한다. 말 못하는 이들의 목소리를 대변하는 정당, 비건 국회의원이 절실하다. 그러려면 비거니즘이라는 철학 담론이 이 땅에 뿌리내려야 하며, 비건들이 정치 세력화 해야 한다. 〈물결〉은 한국어로 비거니즘 이론을 논하고, 사회적 대변혁을 꿈꾸는 장이다. 작은 물방울이 모여 거대한 물결을 이룰 때까지 계속될 것이다.

오천만 국민이 모두 비건이 되는 날을 상상하기 힘들다. 불가능한 과업 같아서 좌절할 수 있다. 그러나 역사적으로 중요한 변혁은 인구의 2~3.5%가 바뀔 때 발생했다. 사회과학에서는 이처럼 원하는 결과를 얻기 위해 충분한 대중의 숫자를 '크리티컬 매스'라고 한다. 대한민국에서의 크리티컬 매스는 100만 명에서 175만 명이다. 1919년 삼일운동, 1987년 6월 민주항쟁, 2016년 촛불행동 때 확인했다. 비건 100만 명이 생기면, 대한민국은 본질적으로 바뀔 것이다. 나는 이 숫자가 굉장히 현실적이며, 단기간에 달성할 수 있는 목표라고 믿는다. 영국, 독일 등에서는 최근 젊은이들 사이에 비건이 급증하면서 전체 인구의 1%를 넘어섰다. 한국도 할 수 있다. 뭐든지 늦게 시작해서 그렇지 한국은 일단 바뀌기 시작하면 빨리 바뀐다.

비거니즘의 목표는 동물해방이다. 비건 세상이란 에덴동산과 같이 모든 동물이 고통 없이 사는 곳이다. 비현실적인 유토피아처럼 들릴 수 있어도, 우리가 나아갈 방향을 제시하기 위해 필요하다. 비건 세상을 만들기 위해서는 개인의 선택에 호소하는 것으로는 부족하다. 사회구조를 바꿔야 한다. 종차별주의와 육식주의를 타파해야 한다. 그래서 두루미 출판사는 비건 세상을 상상하는 책을 만든다. 〈물결〉뿐만 아니라 단행본도 내고 있다. 토바이어스 리나르트의《비건 세상 만들기》, 크리스 드로즈의《정면돌파》, 피터 싱어의《왜 비건인가?》등을 번역, 출간했다.

풀무질은 지난 30여 년간 대한민국 진보운동과 함께 했다. 시대정신에 걸맞은 불씨를 지폈다. 오늘날에는 그것이 비거니즘이다. 한국에서는 진보를 자처하는 이들에게도 비거니즘이 낯설다. 하지만 앞으로 비거니즘은 다른 진보 의제를 아우르는 총체적인 담론으로 거듭날 것이다. 동물권은 인권을 포함하는 패러다임이다. '사상의 불을 지피는 책방' 풀무질은 적(노동), 녹(생태), 보(젠더)의 교차성을 끊임없이 사유하면서, 진보 대중을 비거니즘으로 이끄는 공동체가 될 것이다.

동물해방물결, 두루미, 풀무질 동지들은 오늘도 성균관 앞에 둥지를 틀고 비건 세상을 만들기 위해 애쓰고 있다. 이 땅의 모든 동물이 두루미처럼 해방되는 날을 꿈꾼다. 한반도 전역이 비무장지대처럼 생태적이고 평화적이길 바란다. 한 치 앞도 내다보기 힘든 시대. 위기와 불안 속에서도 변화의 물결을 함께 만드는 동물 친구들이 있어서 나는 힘을 얻는다.

비거니즘의 목표는 동물해방이다.

비건 세상이란 에덴동산과 같이

모든 동물이 고통 없이 사는 곳이다.

비현실적인 유토피아처럼 들릴 수 있어도,

우리가 나아갈 방향을 제시하기 위해 필요하다.

비건 세상을 만들기 위해서는

개인의 선택에 호소하는 것으로는 부족하다.

사회구조를 바꿔야 한다.

종차별주의와 육식주의를 타파해야 한다.

"소는 아이가 없나요?" 소멜이 진지하게 물었다.

"아, 물론 있죠. 송아지 말이에요."

"그럼 송아지를 위한 젖 말고 당신을 위한 젖도 있나요?"

어미 소로부터 송아지를 빼앗고, 송아지의 진짜 먹이를 빼앗는 과정을 그 사랑스러운 세 여인에게 설명하는 일은 시간이 좀 걸렸다. 이야기는 육류 산업에 대한 논의로 이어졌다. 그들은 듣다가 창백해지더니, 급히 자리를 떴다.

_ 샬롯 퍼킨스 길먼, 《허랜드》, 1915.

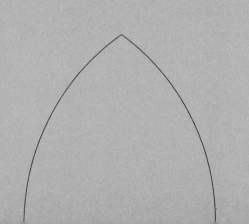

엿
새

소의 젖을
먹지 않는 사람

✕

오늘까지 신문 칼럼 기고를 해야 해서 예외적으로 인터넷을 켰다. 아나나 다를까, 트럼프 지지자들이 폭동을 일으켜서 미국 국회를 점령했다는 속보가 뜬다. 닷새 동안 충전했던 인류애가 벌써 방전된다. 내가 이래서 디지털 디톡스를 하고 싶었다. 2021년은 신축년, 소의 해라고 한다. 포털 사이트와 소셜 미디어에 소의 이미지가 넘쳐난다. "신축년 반갑소" 같은 언어유희와 함께 안부를 묻는다. 나는 의아하다. 소의 해, 과연 소들은 안녕한가?

지난여름을 떠올린다. 기후위기로 인한 홍수가 전남 구례를 강타했다. 축사를 덮친 물을 피해 소들은 지붕 위로, 산으로, 섬으로 갔다. 나는 소가 그렇게 수영을 잘하는지 몰랐다. 55km 떨어진 남해의 어느 무인도까지 헤엄쳐 살아남은 이가 있었다. 생후 16개월, 임신 4개월 차의 여성이었다. 우두머리를 따라 질서정연하게 해발 531m 암자로 피신한 십여명의 무리도 있었다. 쇠고기 이력제 시스템상 귀표 번호 마지막 다섯 자리가 90310인 15개월령의 여성은 농장주의 집 지붕 위에서 버텼다. 어떻게 거기까지 올라갔는지 나는 상상도 되지 않는다.

역대 최장기 장마로 전국에서 1,213명의 소가 죽었다. 기후위기는 인간과 비인간 동물을 가리지 않는다. 사회적 최약자인 가축은 인간이 초래한 재난에도 가장 취약하다. 90310이 난생처음 축사 밖에서 마주한 세상은 물바다였다. 가까스로 살아남은 그를 인간은 기중기로 집어서 '구조'했다. 무인도에서 표류하는 소를 '구조'하기 위해 바지선과 어선 2척이 투입되었다. 내가 알기로 '구조'란 살리는 일인데, 어폐가 있다. 90310은 일주일 만에 도살장으로 끌려갔다. 살해되고, 분해되고, 포장되었다. 그의 사체는 kg당 4,020원에 팔렸다.

소 축산업은 기후위기의 주범이다. 위가 네 개인 소는 되새김질하면서 트림과 방귀와 똥으로 메탄을 방출한다. 메탄은 이산화탄소보다 약 30배 강력한 온실가스다. 인류가 매년 방출하는 510억 톤의 온실가스 중 19%가 농축산업에서 발생한다. 농경지의 대부분은 가축 사료 생산을 위한 것이니, 사실상 전부 축산업의 몫이다. 나머지 제조(31%), 전기(27%), 운송(16%), 냉난방(7%)은 화석연료를 이용한 전력 생산과 직간접적으로 관련 있다. 따라서 오늘날 인류의 지상 과제인 탄소 배출 순 제로 달성은 탈석탄과 탈축산으로 요약된다. 석탄, 석유, 가스를 태우고, 소고기와 소젖을 먹는 한 기후위기는 악화될 것이다.

이제 석탄 발전소뿐만 아니라 소 농장도 좌초자산으로 봐야 한다. 정의로운 전환을 위해 정부의 전업 지원이 필요하다. 홍수로 집과 축사를 잃은 구례 군민 50여 명은 작년 10월 청와대를 찾아 고통을 호소했다. 90310의 농장주는 컨테이너를 놓고 살았다. 앞으로 기후 재난은 빈번해질 것이다. 나는 매해 돌아올 여름이 두렵다. 또 다른 90310이 나타났을 때 속수무책이고 싶지 않다. 소의 해, 나는 소들을 살리고 싶다.

비거니즘은 원래 소를 위한 운동이다. 무슨 말인가? 비거

○ 2021년 초, 동물해방물결은 인천의 한 불법 목장에서 열다섯 명의 소를 만났다. 행정 처분에 따라 목장이 곧 철거 예정이었기 때문에 소들은 도살장에 보내질 운명이었다. 하지만 동물해방물결의 인천 소 살리기 캠페인에 1,684명이 참여하여 4,622만 원이 모였고, 덕분에 머위, 메밀, 미나리, 부들, 엉이, 창포, 총 여섯 명의 소를 구조할 수 있었다. 그들은 DMZ평화생명동산 정성헌 이사장 소개로 강원도 인제군 서화면 하늘내린목장으로 옮겨져 그곳에서 임시 보호 되고 있다. 동물해방물결은 인제군과 함께 축산동물 보금자리 건립을 위한 논의를 현재 진행 중이다.

니즘은 모든 동물을 위한 것 아닌가? '비건'이라는 말이 처음 탄생한 1944년 영국으로 가보자. 2차 대전 당시 영국은 식량 배급제를 실시했다. 전 국민이 국가에서 주는 대로 먹어야 했다. 베이컨, 햄, 치즈, 우유, 계란, 버터, 잼, 돼지 기름 등이 나왔다. 식량부에 베지테리언으로 등록하면 고기 대신 우유, 계란 등을 더 받을 수 있었다. 정부에서 나름 배려해준 것이다. 그만큼 영국 베지테리언 협회의 영향력이 컸다. 덕분에 베지테리언은 전쟁통에도 먹고 살 수 있었다.

도널드 왓슨은 그렇지 않았다. 먹을 것이 없었다. 그는 베지테리언 협회 소속이었지만, 유별났다. 우유와 계란을 먹지 않았다. 협회 내에서 그와 같은 사람은 논-데어리 베지테리언non-dairy vegetarian, 즉 유제품 안 먹는 베지테리언으로 불렸다. 극소수였다. 그때나 지금이나 영국 식문화에서 우유의 비중은 상당하다. 차에도 우유를 타서 마시는 나라다. 빵과 치즈가 주식이다. 베지테리언 협회는 육류 소비 감축이 최우선이었고, 회원 확보를 위해 유제품 소비는 용인해야 한다는 입장이었다. 왓슨 같은 양심적 병역거부자의 주장은 반사회적 극단주의로 치부됐다. 우유까지 못 먹게 하면 누가 베지테리언이 되겠는가? 협회는 유제품 안 먹는 베지테리언의 이익을 대변하지 않았다.

왓슨은 도로시 모건, 엘시 슈리글리 등 대여섯 명과 함께 새로운 협회를 발족했다. 이름이 필요했다. 유제품 안 먹는 베지테리언은 너무 길었다. 그들은 베지테리언vegetarian의 첫 세 글자와 마지막 두 글자를 따서 비건vegan이라는 말을 지어냈다. 베지테리어니즘의 시작과 끝이 비거니즘이라는 뜻이다. 왓슨은 계간지 〈더 비건 뉴스〉를 창간하여 신사상을 설파했다. 그에게 비거니즘은 베지테리어니즘에 대한 반발이자 논리적 귀결이었다. 채식주의자가 우유를 먹는 것이 얼마나 모순적인지 지적했다.

"비건은 개탄스러운 유제품 섭취 행위가 계속되는 한 베지테리어니즘 사상에 아무 의미가 없다고 믿는다. 실제로 우유는 소고기보다 더 큰 범죄다. 모성 착취와 송아지 살해를 전부 겪은 소가 결국 도살장을 마주해야 하기 때문이다. 따라서 젖소는 농장에서 잡다가 도축한 수송아지보다 훨씬 더 고통받는다."

왓슨이 정의한 비건이란 무엇보다 소의 젖을 먹지 않는 사람이다. 그러니까 비거니즘은 인간이 소의 고통에 주목하면서 얻은 깨달음이다. 소의 사체를 먹는 것만 나쁜 게 아니라, 착취하고 학대하고 도살하는 것이 훨씬 더 나쁘다는 자성이다. 비거니즘의 뿌리는 소와 인간의 관계를 되돌아보는 것이다.

스페인 북부, 알타미라 동굴에는 구석기시대 벽화가 있다. 주로 동물 그림이다. 들소가 제일 많고, 사슴 하나, 말 둘, 멧돼지 하나가 있다. 한 번에 그린 건 아니다. 3만 6천 년 전 누군가 그리기 시작했고, 1만 3천 년 전 동굴 입구에 돌이 쏟아져 봉인되었다. 약 2만 년에 걸쳐 여러 사람이 그린 작품이다. 그들은 왜 동굴에 소를 그렸을까? 종교적 이유라는 설이 지배적이다. 사냥의 성공을 기원하기 위해 벽화를 그리고 의식을 치렀다는 것이다. 당시 유럽에 살았던 들소는 오록스라는 종이었다. 무게가 1톤에 달했다. 워낙 덩치가 크고 힘이 세서 인간이 홀로 사냥하기 힘들었다. 여럿이 협력해야 죽일 수 있었다. 종교의식은 인간의 단결을 용이하게 했다. 구석기시대까지만 해도 인간은 소와 전쟁 중이었다. 아직 이겼다고 보기 힘들었다.

신석기시대에 이르러서야 결판이 났다. 1만 년 전, 메소포타미아에서 최초로 오록스가 길들여졌다. 인간이 소를 정복한 것이다. 패배한 소는 가축화됐다. 인간 사회에 강제 편입되어 노예로 동원되었다. 아시아에서는 주로 농사에 투입되었다. 농경사회는 소의 노동력에 전적으로 의존했다. 무쇠와 같은 소의 힘이 요긴했기 때문에 그만큼 소를 귀중히 여겼다. 함부로 잡아먹지 않았다. 소의 젖은 당연히 송아지의 것이었다. 유목사회는 달랐다. 소의 젖과 살이 필요했다. 농사를 지을 수 없는 척박한 땅에서 소는 걸어 다니는 식량 창고였다. (영어로 가축은 'livestock', 말 그대로 '생명 비축'이다.) 유럽, 아프리카, 중동의 유목민은 소를 몰고 다니면서 젖을 짜 먹고, 잡아먹었다. 약 6천 년 전, 그들 사이에서 우연히 젖당을 분해하는 유전자가 등장했다. 우유를 소화하는 능력을 가진 이는 생존과 재생산에서 절대적인 우위를 차지했다. 그래서 유럽, 아프리카, 중동인은 대부분 우유를 먹고도 설사를 하지 않게 되었다. 반면 한국인을 비롯한 아시아인은 거의 우유를 소화하지 못한다.

농경 사회와 유목 사회의 방식은 달랐지만, 결과적으로 소와 인간은 노예와 주인의 공생 관계를 형성했다. 한쪽에서는 노동력을 착취하기 위해, 다른 한쪽에서는 소고기와 소젖을 먹기 위해, 인간은 소를 길렀다. 정복자의 응당한 권리였을까? 문명이 발달할수록 소에 대한 인간의 식민 지배도 확대되었다. 야생 소는 줄어들고 가축 소는 늘어났다. 알타미라 벽화의 주인공, 오록스는 1627년 마지막 개체가 폴란드에서 죽으면서 멸종됐다. 인간에 의한 박멸이었다. 소와 인간의 전쟁은 진작에 끝났다. 인간의 폭정만 계속될 뿐이다.

오늘날 인도에서는 소가 특별한 지위를 갖고 있다. 힌두교가 소를 신성시하기 때문이다. 대부분의 주에서 소 도살이 금지되어 있다. 소가 거리를 활보하면 자동차가 피해 다닐 정도다. 현재 지구상의 소 9억 명 중 3억 명이 인도에 산다. 세계에서 가장 소가 많은 나라다. 비거니즘의 바람직한 소-인간 관계를 구상하기 위해서는 힌두교의 사례를 참고할 필요가 있다.

힌두교는 약 4천 년 전 중앙아시아의 유목민인 아리아인들이 인도로 이주하면서 뿌리내린 사상이다. 기독교나 이슬람교같이 제도화된 유일신 종교는 아니고, 오랜 세월에 걸쳐 인도에서 발달한 철학과 삶의 방식의 총체다. 지역에 따라 범신론부터 무신론까지 다양한 형태가 있다. 힌두교의 목표는 신을 숭배하여 천국에 가는 것이 아니다. 해방이다. 여기서 해방이란 1) 윤회의 사슬을 끊어서 더 이상 태어나지 않는 것과 2) 우주와 하나가 되는 것이다. 이를 위해서는 불살생을 뜻하는 아힘사를 지키는 것이 기본 덕목이다. 정도의 차이는 있지만, 힌두교가 대체로 채식을 장려하는 것은 아힘사 때문이다. 인도 인구의 20% 이상이 베지테리언이다. 소고기를 먹는 인구는 7%에 지나지 않는다. 그들 중 절대다수는 힌두교가 아닌 이슬람교, 기독교 신자다. 힌두교인은 소고기를 먹는다 해도 사회적 금기 때문에 밝히지 못한다. 힌두교가 여러 동물 중에서도 소를 이토록 중시하는 이유는 무엇일까?

왓슨이 정의한 비건이란
무엇보다 소의 젖을 먹지 않는 사람이다.
그러니까 비거니즘은
인간이 소의 고통에 주목하면서 얻은 깨달음이다.
소의 사체를 먹는 것만 나쁜 게 아니라,
착취하고 학대하고 도살하는 것이 훨씬 더 나쁘다는 자성이다.

유목민 시절 아리아인과 소의 관계에서 유추해볼 수 있다. 힌두교에서 소는 생명과 풍요의 상징이다. 주로 모성에 비유된다. 이 세상의 모든 소는 '카마데누'라는 '여'신의 자식이다. 카마데누는 '원하는 모든 것을 주는 풍요의 소'라는 뜻이다. 일반적으로 인간 여성의 머리와 가슴, 그리고 새의 날개를 가진 흰 소로 묘사된다. 힌두교의 사제 계급인 브라만 남성의 시각에서 소를 여성으로 대상화하고, 소젖의 착취를 생명의 근원으로 추앙한 것이다. 당시 유목민의 삶이 얼마나 소의 희생에 기반했는지 보여준다. 이후 힌두교가 농경사회에 자리 잡는 과정에서도 소의 위치는 흔들리지 않았다. 간디는 힌두교에서 소의 의미를 이렇게 정리했다.

"힌두교의 핵심은 소 보호입니다. 소 보호는 인류 진화의 가장 아름다운 현상입니다. 인간이라는 종을 뛰어넘기 때문입니다. 나에게 소는 인간 이하 세계 전체를 뜻합니다. 인간은 소를 통해서 살아있는 모든 것과 하나가 됩니다. 소를 특별히 골라서 신성시하는 이유는 내게 자명합니다. 인도에서 소는 최고의 동반자였습니다. 그'녀'는 풍요를 주는 존재입니다. 우유를 줄 뿐만 아니라 농사를 가능하게 해주었습니다."

간디의 말처럼 힌두교는 소를 비인간 동물의 대표격으로 상정한다. 소 보호를 아힘사의 시작이라고 본다. 하지만 현대 비거니즘은 힌두교의 이러한 관점에 대해 문제 제기를 할 수밖에 없다. 첫째, 소를 비롯한 비인간 동물을 인간 이하의 존재로 치부하는 것은 종차별이다. 둘째, 소를 여성 대명사로 지칭하면서 생명과 풍요를 주는 존재로 숭배하는 것은 페티시에 가깝다. 가부장적인 고대 종교가 여성의 종속을 정당화하는 연장선상에서 소에 대한 억압을 신앙으로 미화했다. 소 도살 금지라는 결과는 분명 비거니즘이 목표하는 바이지만, '원하는 모든 것을 주는 풍요의 소'라는 힌두교의 대상화는 공유할 수 없다. 따라서 비건운동은 인류 역사상 한번도 이룩하지 못한 종 평등적인 소-인간 관계를 상상해야 한다.

한국도 인도처럼 소 도살이 금지될 날이 올까? 한국인의 대다수가 힌두교로 개종할 가능성은 없다. 그런 날이 온다면 비거니즘의 승리일 것이다. 하지만 갈 길이 멀다. 매일 천여 명의 소가 도축되는 나라에서, 우유가 완전식품으로 광고되고, 한우가 최고의 대접으로 여겨지는 나라에서, 소 도살 금지법이 과연 가능할까?

동물운동계의 오랜 염원인 개 도살 금지법도 아직 통과되지 못했다. 지난 국회에서 표창원 의원이 발의한 동물 임의 도살 금지법이 사실상 개 도살 금지법이었다. 대한민국은 전 세계에서 유일하게 개 식용 산업이 있는 나라다. 북한, 중국,

대만 등에서도 개고기를 먹기는 하지만 농장에서 식용견을 사육하고, 도살장에서 죽여서, 식당에서 판매하는 산업 구조는 없다. 한국은 개가 가축으로 지정되어 있기 때문에 개농장은 합법이나, 식품위생관리법상 개고기가 빠져있기 때문에 유통은 무법이다. 동물보호법상 개를 '잔인한 방법으로' 도살하는 것은 불법인데, 대법원은 '개 패듯이' 패서 죽이는 것은 물론 전기봉으로 도살하는 것 역시 '잔인한 방법'이라고 판결했다. 사실상 개 도살은 이미 불법이다. 정부가 단속하지 않기 때문에 산업이 존속한다. 동물해방물결은 이번 국회에서 개 도살 금지법을 통과시키려고 벼르고 있다.

만약 한국이 개 식용 산업을 철폐하면, 동물해방운동 역사의 새 장을 열 것이다.° 한 종에 대한 축산업을 종식시키는 첫 사례이기 때문이다. 축산업자와 도축업자 등의 전업 지원, 농장 동물의 보금자리 마련 등 실질적인 문제가 뒤따른다. 개 도살 금지법을 만들면서 축적한 경험은 이후 소, 돼지, 닭, 염소 등 다른 동물을 위해서도 유용한 모델이 될 것이다. 물론 비거니즘에 입각하면 모든 농장 동물을 당장 해

○ 2021년 9월 27일, 문재인 대통령은 '개 식용 금지'를 신중하게 검토할 때가 되었다며, 관련 부처에게 적극적인 역할을 주문했다. 제20대 대통령선거 더불어민주당 후보인 이재명 경기도지사는 개 식용 금지와 공공기관 채식 선택권 보장 및 비건 문화 확산을 공약으로 내걸었다.

방하는 것이 옳다. 하지만 각 종과 인간의 관계에 따라 현실적인 시간차가 생기는 것은 불가피하다. 인도에서 소가 비인간 동물을 대표한다면, 한국을 비롯한 대다수 국가에서는 개가 그 위치를 차지한다. 개 도살도 금지되지 않은 상황에서 소 도살 금지를 관철하기란 쉽지 않다.

하지만 나는 곧 개 도살이 금지될 것이라 믿는다. 그 다음은 소다. 윤리적으로 보나 환경적으로 보나 소 축산업 철폐는 시급하다. 작년 초, 런던 정치경제대학교 학생회는 캠퍼스 내에서 소고기 판매를 금지했다. 소 축산업이 기후위기의 주범이기 때문이다. 정경대는 2025년까지 탄소 배출 순제로를 이미 공언했고, 이를 위해서는 막대한 탄소 발자국을 가진 소고기를 더 이상 허용할 수 없다는 논리였다. 학생회는 243 대 170으로 소고기 금지를 가결했다. 캠페인을 주도한 학내 PETA People for the Ethical Treatment of Animals 동아리 대표 피비 우드러프는 다음과 같은 소감을 밝혔다.

"자신이 환경에 미치는 영향을 줄이려고 노력하는 학생이 점점 늘어나고 있어요. 그러기 위해서는 모든 고기와 유제품

○ 또한 독일 베를린 4개 주요 대학의 34개 학내 식당은 2021년 10월부터 비건 68%, 베지테리언 28%, 생선 및 육류 4%로 구성된 식단을 제공하기로 결정했다. 2019년 통계상 베를린 대학생의 13.5%가 비건, 33%가 베지테리언이다.

을 끊는 것이 가장 쉽고 최선의 방법이죠. 런던 정경대가 동물과 환경을 보호하기 위한 입장을 취하는 것은 고무적인 일이에요. 마음만 있으면 누구나 비건 라이프스타일로 전환할 수 있습니다. 이토록 쉬웠던 적이 없어요."

나는 정경대 소식을 듣고 대한민국 소 도살 금지법 제정이 허황되지 않다는 확신을 얻었다. 국내에서도 점점 비건 라이프스타일로의 전환이 용이해지고 있으며, 동물해방의 물결 역시 커지고 있다. 77년 전, 영국에서 창시된 비거니즘은 소에 대한 부채 의식에서 출발했다. 2021년, 한국에 비로소 뿌리내리기 시작한 비건운동을 보며 나는 소를 생각한다. 우리가 원하는 비건 세상에서 소와 인간은 어떤 관계를 맺을까? 그 이상적인 관계를 위해 대한민국은 어떤 사회문화적 변화와 법 개정이 필요한가? 신축년 소의 해, 알타미라 벽화의 오록스처럼 다시 해방된 소의 모습을 그려 본다.

앞으로 한국의 비건운동이 반드시 영국의 전철을 밟을 필요는 없다. 도날드 왓슨이 베지테리어니즘에 저항하여 비거니즘을 창시한 것은 유제품에 의존하는 당시 영국의 정치적, 문화적 상황 때문이었다. 그대로 가지고 올 것이 아니라 한국에 맞게 적용해야 한다. 내가 특히 걱정하는 것은 요즘 국내 언론이 널리 소개하고 있는 채식주의자 종류 피라미드다.

아래는 조선일보 기사에서 발췌했다.

· 베지테리언

비건Vegan 채소만 섭취

오보Ovo 채소, 달걀만 섭취

락토Lacto 채소, 유제품만 섭취

락토 오보Lacto Ovo 채소, 달걀, 유제품만 섭취

· 세미 베지테리언

페스코Pesco 채소, 유제품, 달걀, 어류만 섭취

폴로Pollo 채소, 유제품, 달걀, 조류, 어류만 섭취

플렉시테리언Flexitarian 평소에는 비건Vegan이나, 상황
에 따라 육식도 가끔 허용

흔히들 이런 식으로 채식주의자를 분류하고 위계질서를
부여한다. 피라미드를 그려서 제일 위에 비건, 제일 밑에 플
렉시테리언을 배치한다. 문제가 많다. 일단 비건은 채소만 먹
지 않는다. 동물성 제품을 소비하지 않을 뿐, 과일, 곡물, 견
과, 버섯, 해조류도 먹는다. 비건은 완전채식주의자이지 초식
동물이 아니다.

더 큰 문제는 이러한 피라미드가 채식주의자 종류 간에
도덕적 차등이 있다는 잘못된 인식을 심어준다는 것이다.

물론 비건이 되는 것이 최선이다. 철학적으로는 비거니즘만이 옳은 채식주의다. 도널드 왓슨이 지적했듯이 동물의 착취를 용인하는 한 베지테리어니즘에는 아무런 일관성도 없다. 페스카테리어니즘, 플렉시테리어니즘 등을 이데올로기로서 주장하는 사람은 없다. 어디까지나 실용적인 타협이고, 라이프스타일이자 취향일 뿐이다. 그렇다면 비건이 아닌 채식주의자 종류에 순위를 매기는 것이 무슨 의미가 있는가? 페스코, 락토, 오보, 폴로 등은 서양의 식생활에 맞추어 생겨난 개념이다. 한국 실정에는 어긋난다. 예를 들어, 우유도 계란도 안 먹는데 가끔 회식 자리에서 찌개 국물을 먹거나 반찬으로 나온 김치를 먹는 사람이 있다. 이런 사람을 멸치나 젓갈을 먹으니 페스코라고 할 것인가? 비거니즘의 입장에서 보았을 때 매일 계란과 유제품을 먹는 락토 오보 베지테리언보다 가끔씩 명절에 모부님을 만났을 때 효도 차원에서 고기를 먹는 플렉시테리언이 낫다.

나는 잡다한 채식주의자 종류가 필요 없다고 생각한다. 모든 이데올로기가 그렇다. 크리스천이면 크리스천이고 페미니스트면 페미니스트지 세미 크리스천이다 세미 페미니스트다 하는 구차한 이름은 없다. 육식주의 사회의 현실적 제약 때문에, 개인적인 어려움 때문에, 비건이 되지 못하는 사람이 많다는 것도 잘 안다. 만약 비건으로 정체화하기 힘들면 비건 지향이라고 하면 된다. 스스로 크리스천이라고 하는 사람 중에 정말 완벽히 성경 말씀대로 사는 사람이 있나? 비거니즘도 마찬가지다. 이상과 현실의 괴리를 인정하면 된다. 피라미드를 폐기하자. 비건과 비건 지향 둘만 남기자. 비건 지향은 한국에만 있는 표현이다. 서양에서는 플렉시테리언, 리듀스테리언 등의 다양한 이름을 쓰지만 그 지향점이 비건이라는 사실이 분명히 드러나지 않아서 아쉽다.

사실 온갖 명칭이 난무하게 된 건 일부 비건들이 윤리적 고자세를 취하면서 다른 채식주의자를 검열했기 때문이다. 해외에서 건강, 환경, 종교 등 동물권이 아닌 다른 이유로 채식을 실천하는 사람은 욕 먹을까 봐 비건이라는 말을 잘 쓰지 않는다. 아무리 채식을 해도 가죽 신발을 신거나, 구스다운 자켓을 입거나, 동물실험한 화장품을 쓰면 위선자로 몰리기 십상이다. 나는 채식주의자들 간의 이러한 내부 다툼이나 노선 갈등은 시기상조이며 비생산적이라고 생각한다.

비거니즘의 목적은 동물의 고통을 줄이는 것이다. 나의 도덕적 우월함을 증명하는 게 아니다. 현 시점에서 최우선 과제는 공장식 축산을 철폐하는 것이고 그러기 위해서는 어떤 식으로든 채식 인구를 늘려야 한다. 도살장의 소는 내가 무슨 이유로 자신의 젖과 살을 안 먹는지 알지 못한다. 동물해방은 의도보다 결과가 중요한 운동이다. 비거니즘이라는 명확한 목표를 제시하되 운동의 대중화를 위해 최대한 포용적인 자세를 취해야 한다. 모든 종류의 비건 지향을 환영하는 것이 좋다.

나는 늦어도 2050년에는 대한민국이 비건 사회가 되었으면 한다. 지금 인권을 보장하듯 국가가 동물권을 보장해야한다. 물론 법으로 소, 돼지, 닭, 개 도살이 금지되어도 고기를 먹는 사람은 있을 것이다. 동물 학대도 근절하기 힘들 수있다. 인권 침해가 끊이지 않듯이 말이다. 하지만 유의미한수준의 비건 한국은 충분히 실현할 수 있다. 그러기 위해서는 여기저기서 비건이라는 말이 많이 쓰여야 한다. 너도나도비건 지향이 되어야 한다.

이 세상에 완벽한 비건은 없다. 태어나서 죽을 때까지 다른 동물에게 아무런 고통을 야기하지 않았다고 확신할 수있는 사람은 없다. 인간은 태어나지 않는 것이 진정한 친환경이고 완벽한 비건이다. 겸허히 인정하되 격렬히 지향하자. 스스로 죄책감의 수렁에 빠지고, 또 서로를 빠뜨리는 것은시간 낭비다. 우리는 그럴 자격도 여유도 없다. 이 시국에 누가 더 윤리적으로 순결한가를 겨루는 것만큼 인간중심적인허세도 없다.

비거니즘의 목적은 동물의 고통을 줄이는 것이다.

나의 도덕적 우월함을 증명하는 게 아니다.

현 시점에서 최우선 과제는 공장식 축산을 철폐하는 것이고

그러기 위해서는 어떤 식으로든 채식 인구를 늘려야 한다.

도살장의 소는 내가 무슨 이유로

자신의 젖과 살을 안 먹는지 알지 못한다.

동물해방은 의도보다 결과가 중요한 운동이다.

"정치적인 언어는 거짓이 참되고 학살이 고상하게 들리도록, 공허한 이야기가 단단한 실체를 갖는 것처럼 보이도록 설계되어 있다. 우리가 이것을 전부 한꺼번에 바꿀 수는 없지만, 적어도 스스로 습관을 바꿀 수는 있으며, 시끄럽게 야유하다 보면 가끔은, 케케묵고 쓸모없는 말을 쓰레기통으로 보내버릴 수 있다."

_ 조지 오웰, 〈정치와 영어〉, 1946.

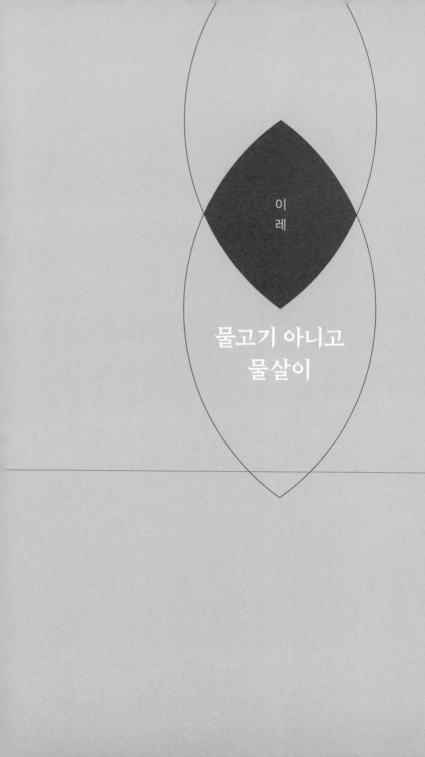

이
레

물고기 아니고
물살이

채식주의자는 왜 여성이 많을까? 서양에서는 채식주의자의 80% 이상이 여성이다. 한국에는 정확한 통계가 없지만, 아마 비슷할 것이다. 내 주변을 보면 90% 이상이 여성인 것 같다. 그나마 서양에서 남성이 채식하는 이유 중 1위는 '배우자 때문'이다. 자의적으로 채식주의자가 되는 남성은 매우 드물다. 왜 그럴까? 남성은 여성보다 육식주의적일 수밖에 없는가?

이러한 성비 불균형은 비건운동의 큰 난관이다. 현재의 가부장제 사회에서는 남성이 정치, 경제, 문화 권력을 쥐고 있기 때문에 특히 위험하다. 남성이 평균적으로 식사량도 더 많다는 것을 고려하면 심각한 문제다. 반면 비건운동, 특히 대한민국의 비건운동은 압도적으로 여성이 이끌고 있다. 앞으로도 아마 그럴 것이다. 우리는 어떻게 남성을 설득할 것인가? 일단 무엇이 이토록 극명한 성차를 만들어내는지 고민해보자.

유전적인 차이일까? 인류는 진화의 역사 중 99%를 수렵과 채집을 하는 유목민 무리로 살았다. 대부분의 생물학적 특질은 그 당시에 결정되었다. 여남 간의 차이, 즉 성적 이형성도 그렇다. 예를 들어 호모 사피엔스는 평균적으로 여성보다 남성의 신체가 약간 크다. 유인원 중에서도 종에 따라 그 성차는 천차만별이다. 고릴라는 남성이 여성보다 훨씬 큰 반면, 긴팔원숭이는 비슷하다. 이러한 크기 차이는 각 종의 사회 구성 방식과도 연관이 있어 보인다. 고릴라는 철저한 가부장제에 일부다처제다. 반대로 긴팔원숭이는 일부일처제다. 인간과 가장 유전적으로 가까운 보노보는 여성이 남성보다 약간 작지만, 여성 간의 강력한 연대로 가모장제를 유지한다. 남성이 더 크다고 무조건 가부장제는 아닌 것이다. 어쨌든, 현생 인류는 수렵과 채집을 하며 진화하는 오랜 시간 동안 여남 간의 신체적 차이를 형성했다. 덩치의 차이는 고릴라만큼은 아니더라도 가부장제 형성에 일조한 것으로 추측된다. 일반적으로 남성이 여성을 육체적으로 압도하기 쉽다. 그렇다면 심리적 차이도 있을까? 단적으로, 남성이 여성보다 더 폭력적으로 진화했을까? 혹시 남성이 여성보다 더 육식주의적인 것도 유전자의 프로그래밍 때문인가?

이분법적이고 본질주의적이지만, 마냥 무시할 수 없는 가능성이다. 폭력의 역사 앞에서 남성은 부끄러울 수밖에 없다. 전쟁과 살인은 절대적으로 남성이 저지른다. '여성은 생명을 주고 남성은 생명을 빼앗는다.'는 오래된 명제는 분명 성차별적이지만, 현상을 정직하게 분석한다. 동서고금을 막론하고 무지막지한 폭력의 주체는 대부분 남성이었다. 가부장제 사회에서는 남성이 권력을 가지고 있기 때문에 더 폭력적인 것일까? 아니면 남성이 더 폭력적이기 때문에 권력을 가지고 가부장제 사회를 구축한 것일까?

이 질문에 답하려면 수렵-채집 사회에 대한 분석이 핵심이다. 인류학자들에 따르면 수렵-채집 사회 중에는 가모장제도 있고 가부장제도 있다. 하지만 농경 사회는 전부 가부장제다. 다시 말해, 선사시대에서 역사시대로 넘어오면서, 농사를 짓고 문명이 시작되면서 젠더 권력의 불균형이 커졌다. 따라서 수렵-채집 사회에서의 성 역할이 어땠는지, 그것이 여남 간의 어떤 차이를 만들었는지 진단해야, 이후 역사를 가늠할 수 있다.

남성은 수렵, 여성은 채집을 했다는 것이 지배적인 설이다. 수렵이란 사냥을 뜻한다. 비인간 동물이 아닌 인간을 사냥하면 우리는 그것을 살해라고 부른다. 그 사냥이 집단적이면 전쟁이라 한다. 비인간 동물과의 전쟁을 담당했던 남성이 다른 인간 무리와의 전쟁도 담당했고, 그들이 초기 문명의 지배계급을 형성했다. 사냥과 육식, 폭력과 전쟁의 연결고리는 이처럼 상상하기 쉽다. 남성의 수렵 능력은 그의 재생산에 영향을 끼쳤을 것이다. 사냥을 잘하는 남성이 못하는 남성보다 덜 죽고 더 많은 아이를 낳았으리라는 추측이다. '남성은 본디 사냥꾼'이라는 신화는 현대사회에 뿌리깊다. 수렵-채집 사회에서 남성이 사냥을 맡았고, 그 결과 당연히 더 폭력적으로 진화했다는 이야기다. 인류 진화의 99% 시간 동안 남성의 폭력적인 유전자에 대해 긍정적인 자연선택이 있었다는 것이다.

19세기의 여성주의-채식주의-평화주의운동은 이러한 관점을 수용했다. 아니, 핵심적인 논거로 활용했다. 남성은 원래 사냥꾼이라 호전적이고 육식주의적이기 때문에 평화적이고, 채식주의적인 채집꾼 여성이 나서서 세상을 바꿔야 한다고 주장했다. 프랑스혁명 당시《여성의 권리 옹호 A Vindication of the Rights of Woman》를 쓴 메리 울스턴크래프트는 반동주의자의 조롱을 받았다. 토마스 테일러는 여성이 권리가 있다면 동물도 권리가 있겠다고 비웃으면서《짐승의 권리 옹호 A Vindication of the Rights of Brutes》를 펴냈다. 물론 테일러는 전혀 진지하지 않았다. A가 참이면 B도 참인데, B는 터무니없기 때문에 A도 거짓이라는 귀류법을 활용한 풍자였다. 바로 다음 세대, 울스턴크래프트의 사위이자 대표적인 낭만파 시인 퍼시 셸리가

《자연 식단 옹호A Vindication of Natural Diet》라는 비슷한 제목의 책을 낸 것은 우연이 아니다. 셸리는 매우 진지하게 동물의 권리를 논하면서 채식주의를 옹호했다.

미국의 1세대 여성주의자들이 참정권 운동을 위해 모일 때도 식단은 대부분 암묵적으로 채식이었다. 그들은 가정 폭력을 막기 위해 금주령 제정 운동을 전개했을 뿐 아니라 '그레이엄주의'라고 불리는 채식 식단 보급을 위해 힘썼다. (시리얼의 아버지 존 켈로그도 실베스터 그레이엄의 가르침에 따라 건강한 채식 간편식으로 콘 플레이크를 만들었다.) 수전 B. 앤서니와 엘리자베스 케이디 스탠턴과 함께 여성 참정권 운동의 선두에 섰던 마틸다 조슬린 게이지는 너무 급진적이라는 이유로 여성주의 역사에서 가려졌다. 게이지는 물론 채식주의자였다.

20세기로 넘어와 1차 대전을 전후로 불붙은 평화주의운동 역시 여성주의-채식주의 계보의 확장이었다. 전쟁 중 샬롯 퍼킨스 길먼이 연재한 페미니스트 유토피아 소설 《허랜드》는 남성이 모두 죽고 2천 년 넘게 여성만 모여 사는 신비의 나라를 그린다. 여성이 무성생식으로 딸만 낳는다. 그곳에는 전쟁이 없을 뿐만 아니라 모두 기본적으로 채식을 한다. 소의 젖을 짜 먹는다는 개념 자체를 이해하지 못한다. 셸리와 게이지에게 그랬듯이 길먼에게도 전쟁을 없애는 일은 여성의 권리를 옹호하고 채식 식단을 보급하는 것과 일맥상통했다. 전쟁과 폭력과 육식의 근원이 같기 때문이다. '사냥꾼 남성'의 본성을 통제하지 못하면 역사의 진보도 없었다.

나는 '사냥꾼 남성, 채집꾼 여성'이라는 이분법을 의심한다. 남녀 간의 성차가 그렇게까지 본질적이라고 믿지 않는다. 물론 전쟁과 살인은 거의 남성이 저지른다. 하지만 그렇다고 대부분의 남성이 전쟁이나 살인을 저지르는 것은 아니다. 오히려 대부분의 남성은 폭력을 싫어하고, 전쟁과 살인을 두려워한다. 마찬가지로 채식주의자는 거의 여성이지만, 그렇다고 대부분의 여성이 채식주의자인 것은 아니다. 오히려 대부분의 여성은 육식을 즐긴다. 언제나 그렇듯, 이분법적이고 본질주의적인 관점은 오류의 가능성이 크다. 나는 울스턴크래프트 이후 2백 년 넘게 내려온 서양의 여성주의-채식주의-평화주의 계보가 한국에서 어떻게 이어질지 고민한다. 국내 사정에 비추어 보아도 '사냥꾼 남성, 채집꾼 여성'의 모델이 성립하는지 자문한다.

한국에서 육식과 남성성의 관계에 대해 생각하면 제일 먼저 떠오르는 것이 보신이다. '보약 따위를 먹어 몸의 영양을 보충한다'는 뜻의 이 말은 유독 육식과 연결된다. 매년 여름,

복날을 즈음하여 보신이라는 이데올로기가 기승을 부린다. 뜨거운 날씨로 지친 몸에 기운을 북돋는다는 명목으로 개장국, 삼계탕, 닭백숙 등을 먹는다. 중국에도 복날이 있지만 한국처럼 육식 위주는 아니다. 국수, 만둣국, 계란부침 등을 먹는다. 한국은 원래 개장국을 제일 많이 먹었다. 보신탕이 개장국의 대명사가 될 정도로 보신은 곧 개 잡아먹는 것을 뜻했다. 산업화 이전까지 한국에서 가장 쉽게 먹을 수 있는 동물이 개였기 때문이다. 요즘은 개보다 닭이 훨씬 흔해졌다. 복날에 보신한답시고 치킨을 배달시켜 먹는 일이 다반사다. 농림축산식품부에 따르면 2020년 7월에만 1억 1,566만 명의 닭이 식용으로 학살되었다. 2월에는 7,753만 명이 죽었다. 한국인은 평소에도 닭을 많이 먹지만 7, 8월에 특히 심하다. 보신이라는 이데올로기의 최대 피해자는 이제 개가 아닌 닭이다. 돼지나 소의 살해 건수는 겨울보다 여름에 오히려 줄어드는 것을 보면 복날의 피해는 분명 특정 종에게 집중되고 있다.

한국인이 보신을 빌미로 개나 닭의 사체를 먹는 이유는 뭘까? 일단 개를 먹는 것은 압도적으로 남성이 많다. 그들은 개고기가 정력에 좋다고 말한다. 보신은 사실 영양 보충이기 전에 정력 보충을 뜻한다. 여성이 보신이라는 말을 쓰는 경우는 극히 드물다. 엄연히 정자와 난자가 있거늘 정력만 있

채식주의는 고기를 먹지 않아도
몸의 영양을 보충할 수 있다고 답한다.
여성주의는 남자라고 딱히 힘이 넘치지 않아도 된다고 답한다.
채식주의-여성주의 비판이 더 큰 효력을 얻으려면
단순한 부정을 넘어 긍정으로 나아가야 한다.
육식주의-가부장제의 고리타분한 관념을 대체할
새로운 남성성을 제시해야 한다.
인간적인 것에 대한 재정의가 필요하듯이
남자다운 것에 대한 재정의도 시급하다.

고 난력은 없다. 물론 개고기가 정력에 좋다는 미신은 전혀 근거가 없다. 정력이란 발기고, 발기란 혈액순환인데, 개고기같이 비위생적이고 기름진 음식이 혈액순환에 좋을 턱이 없다. 채식이 혈액순환에 훨씬 좋다. 과거 한국에 만연했던 샤머니즘적인 정력 신화는 최근 들어 단백질 신화로 탈바꿈하고 있다. 개를 몽둥이로 패서 먹던 시대는 저물고, 헬스장 다니면서 닭가슴살을 꼬박꼬박 챙겨 먹는 시대가 도래했다. 동물성 단백질을 많이 먹어야 힘도 세고, 덩치도 크며, 남자답다는 생각이 한국 사회를 지배한다. 정력 강화나 단백질 보충 모두 보신의 다른 말이다.

한국 사회에서 육식주의와 가부장제가 교차하는 지점이 바로 보신이다. 육식주의는 몸의 영양을 보충하기 위해서는 고기를 먹어야 한다고 가르친다. 가부장제는 남자란 자고로 힘이 넘쳐야 한다고 가르친다. 둘 다 명백한 오류지만 둘이 합쳐져 남자는 고기를 먹어야 힘을 쓴다는 미신을 만든다. 육식주의적이고 가부장적인 한국의 보신 문화는 개와 닭에 대한 대학살을 야기한다. 우리는 무엇을 해야 하는가? 채식주의는 고기를 먹지 않아도 몸의 영양을 보충할 수 있다고 답한다. 여성주의는 남자라고 딱히 힘이 넘치지 않아도 된다고 답한다. 채식주의-여성주의 비판이 더 큰 효력을 얻으려면 단순한 부정을 넘어 긍정으로 나아가야 한다. 육식주의-

가부장제의 고리타분한 관념을 대체할 새로운 남성성을 제시해야 한다. 인간적인 것에 대한 재정의가 필요하듯이 남자다운 것에 대한 재정의도 시급하다.

나는 '사냥꾼 남성, 채집꾼 여성'의 신화를 깨부수는 것이 시작이라고 믿는다. 인류학적으로는 타당한 분석인지 모르나, 오늘날에는 무의미하다. 공장식 축산의 시대, 우리는 사냥꾼도 채집꾼도 아니다. 그저 소비자일 뿐이다. 육식으로 남성성을 획득할 수 있다는 환상을 버려야 한다. 비건운동은 평화운동의 전례에서 영감을 받을 수 있다. 근대 이전까지만 해도 전쟁은 명예로운 일이었다. 누군가 자신을 모욕하면 결투를 신청해서 죽이는 것이 응당했다. 정말 사소하고 사적인 이유로 온 나라가 전쟁에 휩싸이곤 했다. 제우스가 기분에 따라 벼락을 던지듯이 말이다. 함부로 총칼을 뽑아 드는 것이 남자답고 용감한 영웅담으로 미화되었다.

하지만 이제는 평화가 명예로운 일이다. 기관총과 탱크와 비행기와 생화학 무기가 등장한 이후, 그러니까 살상이 기계화된 후, 전쟁은 쉬이 정당화될 수 없다. 옛날처럼 기분 나쁘다는 이유로 결투를 신청하거나, 영토 확장을 위해 전쟁을 일으키는 것은 더 이상 남자다운 일이 아니다. 트럼프가 김정은에게 "내 핵폭탄 버튼이 당신의 것보다 훨씬 크고 강력하다."고 자랑했을 때, 우리는 그의 남성성을 높게 쳐주지 않았다. 군인이든, 정치인이든, 이제는 전쟁을 방지하고 평화를 유지하는 억제력을 진정한 힘으로 여긴다. 삼국지의 여포나 장비 같은 사람을 영웅 취급하지 않는다. 이것은 엄연한 평화주의운동의 성과이자 역사의 진보다. 1차 대전 이전까지만 해도 전쟁의 아름다움과 전사의 용기를 찬양하는 문학이 주류였다. 하지만 독가스가 발명되자 헤라클레스의 근육도 전쟁에서는 무용지물이 되었다. 히로시마의 버섯 구름을 보며 인류는 3차 대전만은 꼭 막아야 한다는 것을 깨달았다. 전쟁이라는 폭력이 도를 넘어 문명의 존속 자체를 위협했기 때문이다.

기후생태위기의 시대, 육식이라는 폭력이 도를 넘어 문명의 존속 자체를 위협하고 있다. 공장식 축산이 발달한 이후, 그러니까 살상이 기계화된 후, 육식은 쉬이 정당화될 수 없다. 집에서 치킨을 시켜 먹는 일은, 식당에서 삼겹살을 구워 먹는 일은, 수렵-채집 사회에서 사냥을 하는 일과 근본적으로 다르다. 농장에서 평생 고통스럽게 갇혀 지내던 강아지와 병아리의 사체를 단 돈 몇 푼으로 사먹으면서 남성성을 보강할 수는 없다. 환경오염과 탄소 배출의 주범인 공장식 축산을 지지하면서 제 아무리 승모근을 키운들 그것을 남자답다고 예찬할 수는 없는 노릇이다.

여성주의-채식주의-평화주의는 궁극적으로 여남 구분 없이 모두가 폭력으로부터 자유로운 사회를 꿈꾼다. 그런 세상에도 복날은 있을 수 있고, 몸의 영양을 보충하는 보신 개념도 있을 수 있다. 다만 보신이 곧 정력 충전이나 동물성 단백질을 과잉 섭취하는 행위로 여겨지지는 않을 것이다. 무엇보다 날씨가 유난히 덥다는 사실이 개와 닭을 비롯한 비인간 동물을 학살할 명분이 되지는 않으리라.

해방운동의 주요 과제는 지배 구조의 착취적인 언어를 해체하는 일이다. 보신은 그나마 고쳐 쓸 수 있지만, 아예 말을 바꿔야 할 때도 있다. 예를 들어 노동해방운동은 '근로자'가 아니라 '노동자'라고 하고 여성해방운동은 '집사람'이 아니라 '배우자'라고 한다. 장애해방운동은 '절름발이', '벙어리' 등을 비유로 쓰는 것이 장애를 비하한다고 지적한다. 오랫동안 널리 쓰던 말을 그만 쓰자고 하면 불편하다. 그 말을 쓰는 사람은 자신이 무의식적으로라도 폭력적이라는 비판이 달가울 리 없다. 그 말을 쓰지 말자고 하는 사람은 대안을 제시해야 하는데, 사전에도 없는 낯선 말을 쓰면 소통이 어렵다.

평생 민족해방운동에 몸담으신 백기완 선생을 혜화에서 처음 뵈었을 때 나는 그분의 말을 알아듣기 어려웠다. 외래

어나 한자어 대신 최대한 순우리말을 쓰셨다. 당신께서 사용하시는 말글은 내게 어색하다 못해 억지스러웠다. 노나메기(나눠 먹다), 벗나래(세상), 니나(민중), 비주(창조) 등 괄호로 설명하지 않으면 알 수 없었다. 혼자서 이러시는 게 무슨 소용인가 싶었다. 그런데 동아리, 새내기, 달동네도 당신이 꾸준히 써서 퍼진 것이라고 하셨다. 나는 고개를 끄덕일 수밖에 없었다.

동물해방운동은 이제 시작이다. 바꿀 말이 많다. 예를 들어 일석이조가 아니라 일거양득이다. 돌을 하나 던져서 새가 두 명이나 죽으면 그게 이득인가 손해인가? 방금 비인간 동물을 '마리'가 아닌 '명'으로 수식했다. 왜 이름 명을 사람 셀 때만 쓰는가? 사전상 마리는 '짐승, 물고기, 벌레 따위를 세는 단위'다. 이름 있는 동물도 많은데 사람만 명이라고 세는 건 종차별이다. 지금 워드 프로세서에 종차별을 썼더니 아래에 빨간 줄이 생겼다. 앞으로는 종차별도 인종차별, 성차별처럼 사전에 등재될 것이다.

육식주의적 언어는 인간의 인지 부조화를 지탱하도록 설계되어있다. 인간은 대부분 동물을 좋아하지만 동물을 먹는 것도 좋아한다. 그런데 좋아하는 것을 먹는 것은 끔찍하다. 여기서 인지 부조화가 발생한다. 그 부조화를 해소하기 위해 인간은 둘을 언어적으로 구분한다. 살아있는 동물은 소, 돼지, 닭, 개라고 부르지만 죽은 동물은 소고기, 돼지고기, 닭고기, 개고기가 된다. "오늘은 내가 송아지 한 명 죽여서 줄게!"라고 말하면 소름 돋으니까 "오늘은 내가 소고기 쏠게!"라고 한다.

인간이 먹기 위해 굳이 이름을 에둘러 부르는 것은 동물이 유일하다. 버섯은 산에 있거나 식탁 위에 있거나 버섯이다. 바나나가 나무에서 떨어진다고 갑자기 바나나 고기가 되지 않는다. 그러나 소, 돼지, 닭, 개는 죽는 순간 고기로 전락한다. 그래야 인간이 맘 편히, 살아있는 그들의 고통을 상상하지 않으면서, 사체를 썰어 먹을 수 있기 때문이다.

그런데 물고기는 대체 무슨 말인가? 엄연히 살아있는 존재를 물고기라 부르고, 죽으면 생선이라 한다. 생선生鮮은 살아있고 싱싱하다는 뜻이다. 해괴망측하다. 어류에 있어서는 한국어의 육식주의적 대상화가 특히 심하다. 그들의 삶을 오직 인간이 먹기 위한 것으로 정의한다. 물고기란 비윤리적인 것을 떠나서 지적으로 게으른 표현이다. 육상동물을 다 땅고기라고 부를 것이 아닌 이상 어류 혹은 수생동물이 맞다. 후자를 순우리말로 하면 물살이다. 나는 이 말이 제일 좋다.

2020년 말, 경남어류양식협회는 양식 어민이 죽어난다며 살아있는 방어와 참돔을 여의도 콘크리트 바닥에 내동댕이 쳤다. 그날 죽어난 것은 방어와 참돔이었다. 언론은 '물고기가 산 채로 던져져서 죽었다.'고 보도했다. 피 흘리며 몸부림 치다 질식사한 그들은 결국 고기가 될 운명도 아니었다. 물고기도 생선도 아닌 존재들의 참담한 살해 현장. 나는 그들을 물살이로 기록하고 기억한다.

'살처분'이라는 말도 바꿔야 한다. 경기도는 앞으로 살처분 대신 '안락사 처분'을 쓰겠다고 한다. 동물복지위원회에서 내린 결정이다. 동물보호과장은 '경기도의 용어 순화 노력이 동물권에 대한 인식 개선 및 가치관 형성의 계기가 될 것'이라 밝혔다. 과연 안락사 처분이 동물의 권리를 위한 것일까?

경기도가 말을 바꾼 이유는 최근 한 용역 업체가 살아있는 닭을 파쇄기에 넣어 갈아 죽이는 영상이 공개되었기 때문이다. 도는 해당 업체를 동물 학대 혐의로 고발했다. 조류 인플루엔자 긴급행동지침에 따르면 닭과 오리를 비닐로 덮고 이산화탄소를 주입하여 질식시키는 것이 '안락사'다. 그 후 사체를 파쇄기로 렌더링하여 비료로 쓰는 것이 '친환경' 처리법이다. 죽여서 갈아야 되는데 산 채로 갈았기 때문에 동물 학대라는 것이 경기도의 논리다.

국가가 살처분에 관해 쓰는 말들은 어지럽다. 가스실 학살이 어느 순간 안락사이자 동물보호, 동물복지, 심지어 동물권으로 둔갑한다. 국가가 수행하는 극악무도한 범죄를 은폐하기 위해 완곡어법을 쓰다 보니 말이 이상해진다. 조지 오웰의 소설 《1984》 속 진실부는 프로파간다 부서다. 진실부의 슬로건은 '전쟁은 평화, 자유는 노예, 무지는 힘'이다. '살처분은 안락사'라는 동물복지위원회의 말은 다분히 오웰적이다.

살처분이 무엇인가? 육식주의 사회가 공장식 축산을 유지하기 위해 국가를 통해 자행하는 대학살이다. 대한민국에서 최근 10년간 조류인플루엔자를 이유로 학살당한 닭과 오리는 7천5백만 명이다. 발생 농가뿐 아니라 반경 3km 안에 있는 모든 가금류를 죽인다. 조류인플루엔자는 말 그대로 감기처럼 2~3년마다 찾아온다. 야생 조류를 탓하지만 철저한 인재다. 전염병 예방을 위해서는 사회적 거리두기가 기본 아닌가? 밀집형 사육은 전염병을 낳는 시한폭탄이다. 닭장 속에 닭을 그렇게 욱여넣어 놓고 역병이 퍼지지 않기를 바라는 게 신기하다.

정부는 원래 공무원과 군경을 동원해 대학살을 저질렀다. 이들의 76%가 외상 후 스트레스 장애를 겪었다. 과로사가 속출했다. 부담이 커지자 2014년부터 정부는 대학살을 외주화했다. 사장 아무개가 2백억 원 넘게 벌었다는 소문을 듣고 전국에 업체들이 생겨났다. 이제 대학살은 비즈니스다. 지자체마다 수십억 원을 쓴다. 한 방역업체 사장은 재작년 〈한겨레〉와의 인터뷰에서 솔직한 마음을 털어놓았다.

"왜 (조류인플루엔자가) 안 터지는지 모르겠어. 다들 (마음이) 똑같아요. 정말 이상해요. 왜 안 터지지? 바이러스를 그냥 심을까 이런다니까. (…) 다들 (조류인플루엔자가) 터지길 바라고 있지. 정말 올겨울에 딱 50억 원만 벌었으면 좋겠는데……."

대학살 현장에는 외국인 노동자가 절대 다수다. 대한민국 국민이 동물의 사체와 부산물을 계속 싼값에 먹을 수 있도록 몽골, 중국, 네팔, 스리랑카, 러시아, 카자흐스탄, 우즈베키스탄 사람들이 학살을 떠맡는다. 외주의 고리가 길어질수록 책임은 분산되고 사태의 본질은 흐려진다. 고통이 돈으로 환산되는 과정에서 악의 근원에 대한 사유는 실종된다.

살처분은 공장식 축산이라는 인류 역사상 최악의 범죄를 지속하기 위한 눈가림일 뿐이다. 대한민국은 2020년에만 12억 명이 넘는 동물을 죽였다. 파쇄기로 죽이든, 가스실에서 죽이든, 도살장에서 죽이든, 결국 다 인간이 먹기 위해 죽이는 것이다. 육식주의라는 이데올로기는 육식이 불가피할 뿐만 아니라 좋다고 가르친다. 사실은 전혀 그렇지 않다. 육식은 불필요하고 비윤리적이다. 그런데 국가는 육식주의를 변호하려고 안간힘을 쓴다. 파쇄기와 가스실의 차이를 구태여 강조한다. 동물의 권리를 위해서 파쇄기로 갈지 않고 가스실에서 질식시키겠다는 궤변을 늘어놓는다. 그러면서 도살장에서 일어나는 합법적 대학살을 은폐한다.

살처분과 대학살, 도살과 살해, 사냥과 전쟁, 마리와 명의 차이는 그 대상이 비인간 동물이냐 인간 동물이냐뿐이다. 종차별적인 언어. 육상동물은 땅고기라고 안 하면서 수생동물은 물고기라고 하는 것도 종차별이다. 개와 고양이는 가족으로 여기면서 소, 돼지, 닭을 먹는 것도 마찬가지다. 인간은 고질적인 부족주의를 앓고 있다. 나랑 비슷하다고 생각하는 '우리'에게 감정이입을 하고, 나와 다르다고 생각하는 '그들'을 배척한다. 심지어 '그들'은 개별성이 없는 비슷비슷한 존재로 치부한다. 주체로 인정하지 않고 대상화한다. 인종차별, 성차별, 종차별 모두 부족주의의 증상이다. 문제는 '우리'와 '그들'의 경계를 누가 어떻게 정하냐는 것이다. 역사는 '우리'가 확장하면서 진보한다. 비거니즘은 우리가 모두 동물이기 때문에 모든 동물이 '우리'라고 주장한다. 종차별주의를 타파한다.

동물해방운동은 이제 시작이다.

바꿀 말이 많다.

예를 들어 일석이조가 아니라 일거양득이다.

돌을 하나 던져서 새가 두 명이나 죽으면

그게 이득인가 손해인가?

종차별주의라는 말은 1970년 영국인 심리학자 리처드 라이더가 만들었다. 이후 서양의 동물해방운동은 반 세기 동안 종차별 철폐를 외쳐왔지만, 아직 한국에서는 낯선 표현이다. 종차별주의를 이해하기 위해 일단 라이더의 생애를 간단히 알아보자.

1960년대 말, 라이더는 심리학자로서 동물 연구실과 정신병원에서 근무했다. 업무 중 동물실험을 접하고 도덕적 충격을 받았고, 반대하기 시작했다. 영국의 전통 스포츠인 여우 사냥 등 동물을 이용한 오락에 대해서도 문제 의식을 품었다. 이후 소개를 통해 고들로비치 부부, 존 해리스, 피터 싱어 등 옥스퍼드에서 동물복지 관련 연구를 하는 일군의 대학원생과 교류하기 시작했다. 현대 동물해방 담론을 개척한 그들을 '옥스퍼드 채식주의자들' 또는 '옥스퍼드 그룹'이라 한다.

라이더가 1970년 독립 출판한 책자에 종차별주의가 처음 등장했다. 이듬해 고들로비치 부부와 해리스는 여러 기고문을 엮어서 《동물, 인간, 그리고 도덕 Animals, Men, and Morals》이라는 책을 야심 차게 펴냈다. 라이더는 이 책에서 종차별주의를 자세히 설명했다. 하지만 일대 혁명을 일으킬 것이라 기대했던 책은 싸늘하게 외면당했다. 이에 안타까워하던 싱어가 자구책으로 〈뉴욕 리뷰 오브 북스〉에 투고한 글이 '동물해방'이었고, 그것을 발전시켜 1975년 동명의 책을 출간했다. 이때를 즈음하여 영국의 동물운동은 새로운 동력을 얻게 된다.

1977년 라이더는 영국 왕립 동물학대방지협회RSPCA 회장으로 취임한다. 지금 기준으로는 어이없지만 당시 동물학대방지협회 내부에는 사냥 찬성론자가 많았다. 전통 보전과 개체수 관리를 위해 필요하다는 입장이었다. 라이더는 협회에서 이러한 사냥 찬성론자를 축출하는 업적을 세웠다. 동물운동 내부에 만연했던 종차별주의를 공격한 것이다.

라이더가 정의한 종차별주의란 무엇일까? 1970년 책자를 발췌한다.

"다윈 이후, 과학자들은 생물학적으로 이야기할 때 인간과 기타 동물 사이에 마법 같은 본질적 차이가 없다고 합의했다. 그렇다면 왜 우리는 도덕적으로 거의 완전한 구분을 지을까? 모든 생물이 하나의 물리적 연속선상에 있다면, 우리는 같은 도덕적 연속선상에 있어야 한다."

이 다윈주의적 발상이 바로 옥스퍼드 그룹의 출발선이다. 18세기 말 인권 개념이 뿌리내릴 때는 인간이 창조주를 닮았고, 기타 동물과 본질적으로 다르다는 합의가 있었다. 하지만 19세기 중반 다윈이 그 착각을 깨뜨렸고, 이제 인간도 다른 동물과 공통 조상을 가진 포유류의 한 종일 뿐이라는 사실이 정립되었다. 그렇다면 우리의 도덕적 권리, 자유 개념도 재정립되어야 하지 않을까? 라이더는 과학적 진보를 정치적으로도 적용해야 한다고 믿었다.

종차별이란 결국 인종차별과 다를 바 없다. 종의 구별도 인종만큼이나 유동적이고 인위적이다. 과학자들은 상호 교배 시 생식력 있는 후손이 탄생하지 못할 때 다른 종으로 구별한다. 하지만 라이더는 이렇게 지적했다.

"종이라는 말은 인종이라는 말처럼 정확히 정의할 수 없다. 사자와 호랑이는 상호 교배할 수 있다. 특수한 실험실 조건 하에서는 곧 고릴라를 생물학과 교수랑 교미시키는 것이 가능할 수도 있다. 그렇다면 그 털북숭이 아기를 철창에 가둘 것인가 요람에 둘 것인가?"

결국 종의 구별도 스펙트럼상에 있는 것이기 때문에 인간/비인간 동물 구분은 백인/유색인 종 구분처럼 근거가 없다는 말이다.

비록 현존하는 인간 종은 호모 사피엔스 하나지만, 과거에는 지구상에 여러 인간 종이 동시에 존재했다. 라이더는 재미난 사고 실험을 제안했다. "네안데르탈인을 빙하기 생존에 최적화된, 우리와 다른 종이라고 묘사하는 것이 일반적이다. 그러나 대부분의 고고학자들은 이제 네안데르탈인이 장례

의식을 행했고 우리보다 더 큰 두뇌를 가졌다고 믿는다. 만약 저 정체불명의 설인을 잡아 보니 네안데르탈인 최후의 생존자로 밝혀지면, 우리는 그에게 UN 자리를 하나 줄 것인가 아니면 그의 초인적인 두뇌에 전극을 박아버릴 것인가?" 라이더는 이처럼 가상이지만 충분히 가능한 예시를 통해서 동물실험의 비도덕성을 강조했다.

네안데르탈인은 호모 사피엔스와 다른 종이지만, 상호 교배가 자주 발생했다. 지금도 유럽인의 상당수에게 네안데르탈 유전자가 발견된다. 만약 2021년 갑자기 발견된 네안데르탈인의 두뇌에 우리가 전극을 박고 실험을 하는 것에 윤리적 가책을 느낀다면, 침팬지나 원숭이의 두뇌에 그리하는 것은 어찌 정당화할 것인가? 비글이나 쥐에게는? 인종차별이 인종 간의 연속성을 부정하여 생긴 오류라면 종차별 역시 종 간의 연속성을 부정하여 발생한다.

"나는 인간이 다른 종에게 행하는 광범위한 차별을 설명하려고 종차별주의라는 말을 쓴다. (…) 종차별은 인종차별이며, 둘 다 차별하는 이와 차별받는 이 간의 유사성을 무시하고 과소 평가한다."

19세기까지만 해도 백인 식민주의자는 흑인 노예가 실제 다른 종에 속하는 동물인 것처럼 설명하는 의사 과학을 꽤나 진지하게 발전시켰던 것을 기억하자. 종차별은 인종차별의 연장선상에 쭉 있었으나 여지껏 이름이 없었을 뿐이다.

　라이더는 유레카의 경험을 회상했다.

　"종차별주의라는 말은 1970년 옥스퍼드의 한 욕조에 누워 있을 때 내게 찾아왔다. 그것은 인종차별주의나 성차별주의와 같았다. 도덕적으로 무관한 신체적 차이에 기반한 편견. 다윈의 진화론 이후 우리는 인간 동물이 다른 모든 동물과 친척 관계라는 것을 알고 있었다."

　인종차별과 성차별의 확장판이 종차별이라는 것을 깨닫자, 라이더의 화두는 자연스레 동물해방으로 이어졌다.

　"그렇다면, 어째서, 우리는 다른 모든 종들의 거의 완전한 억압을 정당화할 수 있는가? 모든 동물은 고통과 괴로움을 겪을 수 있다. 그들은 우리처럼 비명을 지르며 온몸을 비튼다. 그들의 신경 체계는 우리와 비슷하고 우리 몸 속에서 고통의 경험과 연관되었다고 밝혀진 것과 같은 생화학 물질이 들어 있다."

　인종차별 철폐가 노예해방으로 이어졌고, 성차별 철폐가 여성해방으로 이어졌다면, 종차별 철폐는 동물해방으로 이어져야 했다.

　라이더의 사상은 동료인 피터 싱어가 《동물해방》에서 주장한 내용과 크게 다르지 않다. 비인간 동물의 고통을 고려하지 않는 것은 종차별이니, 그들의 고통도 똑같이 고려하여 동물해방을 이룩해야 한다. 하지만 싱어가 철저한 공리주의적 전통에서 이론을 발전시켰다면, 라이더는 자신만의 이론을 고안했다. '최대 다수의 최대 행복'이라는 공리주의 원칙이 동물실험을 정당화할 수도 있다는 함정 때문이다. 다수의 행복을 위해 소수의 고통이 용인될 수 있다면, 이론적으로 동물실험을 완전히 폐기할 수 없다. 물론 싱어도 개체 간 고통과 행복을 정확히 계산하여 비교할 수 없고, 인간에게 하지 않는 실험을 비인간에게 하는 것은 종차별이기 때문에 동물실험에 반대한다. 하지만 공리주의를 극단적으로 적용하면 경우에 따라 허용 가능한 것도 사실이다. 라이더는 동물실험에 경악하여 동물해방운동에 뛰어들었기 때문에 일말의 가능성도 용납할 수 없었다.

따라서 그는 고통주의라는 새로운 이론을 주창했다. 개체 간의 고통의 양과 질은 절대 비교할 수 없기 때문에 공리주의는 위험하다고 비판했다. 고통주의는 공리주의가 강조하는 지각력 대신 고통력이 기준이 되어야 한다고 주장했다. 하지만 라이더의 이론은 아직 보편화되지 못했다. 공리주의도 결국 쾌고감수능력(쾌락과 고통을 느낄 수 있는 능력)이 기준이기 때문에 실질적으로 고통주의와 큰 차이가 없다. 라이더가 싱어에 비해 동물실험에 관해서는 더 완고했다고 보면 된다. 그는 동물실험의 모순을 이렇게 정리했다.

"잔인한 실험자가 한 입으로 두말하게 내버려둘 수는 없다. 인간과 다른 동물이 신체적으로 비슷하다면서 생체 해부의 과학적 타당성을 옹호하고, 곧바로 이어서 인간과 동물이 신체적으로 다르다면서 생체 해부의 도덕성을 옹호하는 건 말이 안 된다. 그에게 유일한 논리적 대안은 자신이 다윈이전의 구시대적 사람이거나 비도덕적인 사람이라고 인정하는 것뿐이다."

다시 말해, 원숭이가 인간과 비슷해서 실험하는 것이라면 바로 그 이유로 실험은 비도덕적이다. 만약 다르다면 애초에 실험할 이유가 없다. 원숭이 실험 결과를 인간에게 적용할 수 없기 때문이다. 비슷하면 비슷하게 대우하고, 다르면 다르게 대우하라. 둘 중 하나만 하라는 것이다.

라이더에게 인간과 비인간 동물이 같냐 다르냐를 결정하는 기준은 고통력이었다.

"혹자는 인간이 다른 동물과 다르다는 상투적인 말에서 위안을 구할 것이다. 그러나 언제 차이가 도덕적 편견을 정당화했는가? 언제 검은 머리가 붉은 머리를, 파란, 보라 머리를 학대할 권리를 가졌는가? 분명 인간이 다른 동물과 갖는 중대한 유사성은 고통을 느끼는 능력이지 않나? 다리 수나

털의 풍성함에 상관없이, 우리는 모두 고통을 느낄 수 있다."

다른 차이는 그저 다양성으로 받아들이면 되었다. 가장 중요한 공통점은 고통력이었고, 그것에 따라 동물의 도덕적 처우도 결정되어야 했다.

종차별주의에서 출발한 라이더의 철학은 고통주의를 거쳐 동물권으로 발전했다. 그는 인권의 근거 역시 고통력이라고 보았다.

"일단, 나는 사람들이 권리에 대해 마치 그것이 독립적으로 존재하는 것마냥 너무 자주 이야기한다고 생각했다. 이는 내게 비이성적으로 보였다. 권리의 본질적 조건은, 고통력이다. 모든 형태의 고통과 괴로움을 느낄 수 있는 능력."

권리의 근거가 고통이라면, 종차별주의를 철폐하는 순간 동물권은 자동으로 따라온다. 라이더의 이러한 생각은 싱어의 공리주의적 동물해방론과 크게 다르지 않지만, 우리가 동물의 권리를 생각할 때, 특히 실험동물의 해방을 논할 때, 중요한 기준이 될 수 있을 것이다.

"너희 몸은 너희가 하느님께 받은 바 너희 가운데 계신 성령의 사원인 줄을 알지 못하느냐"

_ 고린도전서 6장 19절.

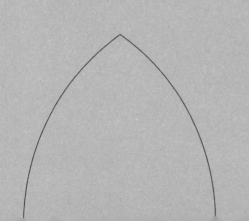

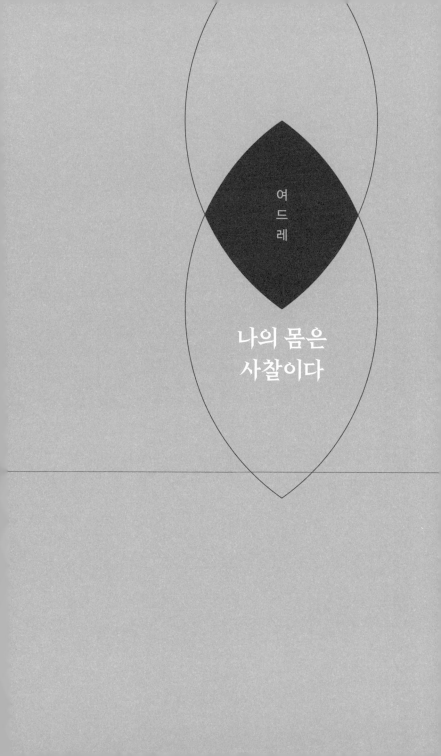

여 드 레

나의 몸은
사찰이다

✕

　　　　　　　　채식이라고 다 같은 채식이
아니다. 나는 최근까지 소위 '정크 비건'으로 살았다. 콩고기,
비건 라면, 마라샹궈, 튀김 요리 등을 주로 먹었다. 윤리적
이유에서 채식을 시작했기 때문에 건강식은 뒷전이었다. 건
강 때문에 채식하는 사람은 자기 자신을 위한, 이기적인 이
유에서 하는 거라고 냉소했다. 동물권을 위한다면, 나의 건
강을 해쳐서라도 채식을 해야 했다. 고기, 생선, 계란, 우유만
끊어도 충분히 건강한 것 아닌가? 매일같이 인스턴트 비건
버거를 주문하면서 자위했다. 롯데리아의 '리아미라클버거'
와 '스위트 어스 어썸버거', 버거킹의 '플랜트와퍼(마요네즈 빼
고)' 등등. 패스트푸드 프랜차이즈에 비건 옵션이 생길 때마
다 열광했다. 나의 비거니즘은 '~을 먹는 것이 좋다'가 아닌
'~을 먹지 말아야 한다'였다. 덜어낸 자리에 무엇을 채워야
할지 몰랐다.

　그러다 지지를 만났다. 오 년 전, 발가락에 한포진이 생겨

서 처음 채식을 시작했다는 지지는 이후 나처럼 동물권을 옹호하는 윤리적 비건이 되었지만, 건강을 위해서 자연식물식도 실천했다. 실제로 채식하고 나서 한포진이 사라졌다. 건강상의 혜택이 있었기 때문에 비건 생활을 지속할 수 있었다. 발리에서 거주할 때는 서울보다 유기농, 생식, 자연식물식 위주의 식단을 꾸리기 용이했다. 지지는 해방촌에서 살면서도 건강한 삶을 유지하고 싶어 했다. 그래서 정크 비건인 나를 보고 경악을 금치 못했다.

내가 한때 사찰 음식점 '소식'의 대표였기 때문에 더 충격이라고 했다. 한 끼에 7~8만 원을 호가하는 나름 고급 식당, 그것도 소식이라는 경건한 이름의 식당을 운영했으면서, 본인은 정작 콩고기와 라면으로 끼니를 때웠다니. 나는 비건이 되기 전이나 후나 음식을 단순한 연료로 생각했다. 몸을 작동하기 위해 채워 넣는 에너지원에 불과했다. 연료의 품질은 따지지 않았다. 최소한의 시간으로 최대한의 양을 쑤셔 넣으면 되었다. 그 과정에서 다른 동물에게 고통을 가하고 싶지 않아서 비건이 되었을 뿐이다. 내 삶의 속도를 늦추거나, 심도 있게 음식에 대해 고찰할 의도는 없었다. 그냥 식탁 위에 동물 사체나 부산물이 안 올라오면 되었다.

나는 고기가 맛이 없어서 끊은 게 아니다. 그 맛은 여전히 그리웠다. 사실 맛으로 따지면 인육이 제일이라고 한다. 인류가 미개했을 때는 인육도 많이 먹었다. 하지만 개화하면서 안 먹기 시작했다. 인육을 먹으면 유전적으로 문제가 생기고, 건강에도 안 좋다고 전문가들이 입을 모았다. 그래서 이제는 아무도 안 먹는다. 나는 소, 돼지, 닭고기도 사람 고기랑 똑같은 이유로 안 먹는다. 하지만 안타깝게도 이미 소, 돼지, 닭고기는 맛을 보았다. 단순히 맛만 본 게 아니라, 매우 즐겼다. 소싯적에는 아침 식사로 삼겹살을 구워 먹었다. 춘천에서는 닭갈비, 횡성에서는 한우를 내 영혼의 음식으로 여겼다.

사람들이 고기를 먹는 이유는 사람들이 고기를 먹기 때문이다. 남들이 먹으니까 먹는다. 나는 가족이 먹으니까, 학교에서 주니까, 친구가 먹으니까, 고기를 먹었다. 만약 인육을 먹는 사회에서 태어났으면 인육도 먹었을 것이고, 고기를 안 먹는 사회에서 태어났으면 안 먹었을 것이다. 전자는 과거고, 후자는 미래다. 실제로 해외에서 만난 몇몇 비건 친구는 태어날 때부터 비건 가정에서 자랐기 때문에 소고기, 돼지고기, 닭고기를 개고기 보듯이 여겼다. 음식이 아니었다. 어쨌든 나는 과도기적인 잡식주의 사회에서 태어나 자랐다. 고기맛에 중독된 상태로 이십 년을 살다가 뒤늦게 채식을 시작했다. 담배를 끊는 것처럼 고기를 끊었다. 나쁜 걸 알지만 맛이 그리운 건 어쩔 수 없었다.

그래서 비거니즘을 설파하면서도 식물성 대체육의 중요성을 강조했다. 당장 나만 해도 대체육 없이는 채식으로의 전환이 쉽지 않았을 것이다. 고기 중독이 만연한 사회에서 사람들에게 곧바로 자연식물식을 하라고 하면 버거워한다. 자연식물식이란 고기, 생선, 계란, 우유뿐만 아니라 설탕, 식용유도 최대한 먹지 않는 식단이다. 가공식품은 금물이다. 곡물, 채소, 과일, 해초, 견과 종류를 권장한다. 한국에서는 현미 채식이 대표적이다. 심혈관 질환과 암을 예방하고자 하는 이들이 선호한다. 자연식물식을 2주만 실천해도 혈관이 확연하게 맑아지는 것을 확인할 수 있다. 건강에 대한 경각심이 높은 중장년에게 특히 설득력이 크다. 내가 아는 몇몇 분들은 거의 종교적인 신념으로 자연식물식을 실천한다. 하지만 아직 건강에 대해 비교적 안일한 젊은이들은 고기 맛 중독을 떨쳐내기 힘들어한다. 윤리적, 환경적 이유로 채식을 실천하더라도 맛은 포기하고 싶지 않다.

공공 급식 채식 선택권 보장을 위한 논의에 참여했을 때, 나는 일선 교사들의 애로사항을 들었다. 세계보건기구WHO에서 적색육을 2급 발암 물질, 가공육을 1급 발암물질이라고 발표했을 때, 그들은 고뇌에 빠졌다. 급식으로 비엔나 소시지를 주는 것은 학생에게 담배를 주는 것과 같다. 발암물질을 권장하는 행위다. 하지만 학생에게 채식 메뉴를 제공하고 싶어도 잔반이 걱정이었다. 이미 고기만 먹고 나물 반찬은 버리는 것이 습관인 아이에게 고기 대신 두부를 주면 다 버리기 일쑤였다. 학부모의 불만도 이만저만이 아니었다. 나는 일단 식물성 대체육을 보급하는 것이 답이라고 믿는다. 비건 소시지, 비건 스팸, 비건 제육 볶음이 맛과 값에서 경쟁력 있어지면, 충분히 해결될 문제다. 물론 가공식품이기 때문에 자연식물식에 비해서는 건강에 안 좋지만, 동물 사체보다는 낫다. 무엇보다 동물해방을 위해서는, 동물성 제품 소비를 조금이라도 더 줄여서 공장식 축산을 불매하는 것이 중요하다.

고기에 중독된 잡식주의자를 설득하려면 채식도 맛있고 즐겁다는 인식이 필요하다. 윤리적이기 위해서는 금욕적으로 살아야 한다는 고정 관념을 깨부숴야 한다. 동물을 죽이지 않고도, 충분히 다채로운 식생활을 향유할 수 있다는 사실을 알려야 한다.

그런 취지에서 나는 2018년 말, 사찰 음식점 '소식'을 열었다. 약 1년 반에 걸친 실험이었다. 현재 서초동 '천년식향'의 오너 셰프인 안백린, 일러스트레이터 박연과의 동업이었다. 안백린은 채식은 금욕이라는 편견에 정면으로 도전하는 예술가다. "어떻게 채식으로 이런 맛을 내지?", "이 정도면 나도 채식할 수 있겠다."가 손님의 주된 평이었다. 비건보다는 논비건 손님이 많았다. 소식은 일종의 포교소였다. 잡식주의자에게 채식의 참맛을 알려주는 곳. 목적이 목적이다 보니 자극적인 메뉴가 많았다. 대체육을 적극 활용한 단짠단짠의 향연. 사찰 음식의 철학과 미학에서 영감을 받았지만, 선불교가 아닌 비거니즘의 사찰이었기 때문에 속세의 맛을 추구했다. 오신채도 푸짐하게 썼다. 비건 식당이 많지 않던 시절, 소식은 확실한 이정표를 제시했다. 그러나 코로나19가 터지자 나는 영업을 종료할 수밖에 없었다.

　매장을 정리하면서 엄청난 양의 냉동 대체육이 남았다. 비욘드 미트는 아직 그램 당 가격이 한우 값보다 비싸다. 정크 비건에게는 매우 귀한 음식이다. 바리바리 싸서 집 냉동실에 쟁여놨다. 그리고 하나씩 꺼내 먹었다. 버릴 수는 없고 남 주기는 아까웠다. 하루 종일 밖에서 일하다가 늦게 귀가해서 혼자 비욘드 미트를 굽고, 비건 라면을 끓였다. 식사를 하면서는 아이폰으로 유튜브 영상을 봤다. 전형적인 현대 도시인의 삶이었다. 피폐했다. 비건이라고 해도 외형적으로는 논비건과 다를 게 하나도 없었다. 말로만 사찰 음식을 예찬할 뿐, 나의 현실은 전혀 건강하지 못했다. 그 괴리가 창피했지만 바쁘다는 핑계로, 비욘드 미트가 남았다는 이유로, 식습관을 고치지 않았다. 외부적인 충격 요법이 필요했다.

지지는 나의 식단을 하나둘 뜯어 고쳤다. 강요나 훈계를 하진 않았다. 하지만 지지와 함께하려면 나도 자연식물식을 할 수밖에 없었다. 그의 몸은 이미 자연식물식에 맞춰져 있었다. 대체육이나 가공식품을 잘 소화하지 못했다. 비욘드미트를 요리할 때 발생하는 특유의 고기 냄새를 힘겨워했다. 콜라는 '변기 청소할 때나 쓰는 것'이었다. 제일 좋아하는 건 고구마였다. 아침에 일어나면 블렌더로 스무디를 만들거나 샐러드를 해 먹었다. 가끔씩 나랑 맞춰 주려고 가공식품을 먹으면 탈이 났다. 글루텐에도 약해서 밀가루를 못 먹었다. 내가 집에서, 밖에서 즐겨 먹던 음식을 하나도 같이 먹을 수 없었다. 사랑하는 사람과 식탁을 공유하지 못하는 것만큼 슬픈 일이 없다. 내가 바뀌어야 했다.

나는 지지의 몸 상태를 이해했다. 나도 비건이 되고 나서 비슷한 변화를 겪었다. 분명 몇 년 전까지만 해도 군침이 흘렀던 순대국, 설렁탕 냄새가 역했다. 논산 훈련소에서 너무 배가 고파서 제육볶음을 먹었을 때, 탈이 나서 의무실에 갔다. 치즈나 버터같이 우유가 함유된 음식을 실수로 먹으면 폭풍 설사가 나왔다. 몸이 전반적으로 예민해졌다. 기름지고 자극적인, 맵고 짜고 단 음식에 적응했던 오장육부가 해방됐다. 채식을 하면서 민감해진 게 아니라 그동안 과부하되어 둔감했던 것이다.

오늘날 한국인의 몸은 치킨, 삼겹살, 곱창, 순대, 떡볶이를 일상적으로 견디고 있다. 이런 음식이 건강하다고 생각해서 먹는 사람은 없다. 그냥 다들 먹으니까 먹고, 맛있으니까 먹는다. 불닭볶음면에 적응한 사람은 웬만한 맵기로는 성이 차지 않는다. 지난 수십 년간 김치는 점점 빨개졌고, 신라면은 매워졌다. 자극은 항상 더 큰 자극을 요한다. 내가 어려서부터 먹어온 상당수의 음식이 그렇다. 지나치게 자극적이다. 그것을 몸 속에 안 넣기 시작했더니, 내 소화기관의 감수성이 되살아났다.

흔히들 채식하면 뭘 먹냐고 묻는데, 사실 먹을 게 훨씬 많아진다. 미각이 더 예민한 만큼 풍부해진다. 고기, 생선, 계란, 우유를 먹을 때는 줘도 안 먹던 것이 이제는 아주 맛있다. 어릴 적 나는 콩밥이 나오면 콩을 빼고, 가지에는 젓가락도 대지 않았다. 나물, 샐러드는 식탁 위의 장식품이었다. 버섯의 종류를 몰랐고 관심도 없었다. 한국인의 주식은 밥이라고들 하지만, 그건 옛날 이야기다. 나에게 밥이란 김치처럼 기본 메뉴일 뿐이었다. 식탁의 주인공은 고기였다. 고기 없이는 식사가 완성되지 않았다. 하지만 지금은 표고, 송화, 송이, 새송이, 만가닥, 노루궁뎅이, 팽이, 목이 등 버섯의 종류를 구분하고 각각의 차이를 즐긴다. 가지를 구워 먹고, 조려 먹고, 볶아 먹는다. 고기의 강한 향과 맛에 가려졌던 음식의 풍미를 비로소 느낀다. 과한 양념도 필요 없다. 소금, 간장이면 충분하다. 현미밥에 김만 싸 먹어도 근사한 식사가 된다. 밥은 달고 김은 짜다는 진리를 온전히 만끽한다. 산과 들에 이토록 여러 나물이 난다는 사실에 감사한다.

이 땅에는 오랜 채식 전통이 있다. 비건이라는 말이 있기 전에도 비건은 있었다. 서양에서는 베지테리언이라는 말이 생기기 전까지 채식주의자를 피타고리안이라고 불렀다. A 제곱 더하기 B 제곱은 C 제곱이라는 정리로 유명한 고대 그리스의 철학자 피타고라스가 채식주의자였기 때문이다. 19세기 영국인들이 채식주의에 관심을 가지고 베지테리언이라는 개념을 만들게 된 것은 동양 사상, 특히 영국의 식민지인 페르시아와 인도의 조로아스터교, 힌두교, 불교, 자이나교 등의 영향이 컸다. 서양이 동양에서 영감을 받아 만든 베지테리언이 채식주의자로 번역되어 역수입되었다. 동양에서는 베지테리언이나 채식주의자라는 말이 생기기 훨씬 전부터 소식素食을 했다. 적을 소少가 아니다. 본디 소, 흴 소다. 유교에서는 상중에 몸과 마음을 정갈하게 하기 위해 소복을 입고 소식을 했다. 불교에서는 수행을 할 때 소식이 기본 소양이었다. 사전상 소식은 '고기 반찬 없는 밥'이다. 깨끗한 식사라는 뜻이다. 옛날에는 가공식품이 없었기 때문에 소식이 곧 자연식물식이었다. 요즘 조계종에서는 삼소식 운동이라고 해서 적을 소少, 나물 소蔬, 웃을 소笑 세 가지 의미의 소식을 장려한다. 나는 한국의 비건 문화가 서양에서 강제 이식된 것처럼 소비되지 않았으면 한다. 그래서 식당 이름을 소식으로 지었다.

한국 비건은 복 받았다. 서양에는 이토록 뿌리 깊고 다채롭고 건강한 채식 전통이 없다. 나는 조직화된 종교는 무엇이든 그다지 좋아하지 않는다. 요즘 스님의 상당수가 채식을 실천하지 않는다는 것도 안다. 하지만 나는 이 나라 곳곳에 숨어있는 사찰이 반갑다. 불살생을 교리로 하고 천 년 넘게 소식을 연구해온 역사가 있다는 사실이 든든하다. 뜻밖의 우군을 만난 기분이다. 전국의 사찰 음식 고수를 만나 지혜를 배우고 싶다.

스님 백 명이 모이면 간장 레시피가 백 개라고 한다. 사찰 음식의 정수는 발효이며, 발효의 정수는 간장이다. 간장만 맛있어도 요리의 절반은 성공이다. 자연식물식을 지향하고 비건 요리에 도전할수록 간장, 고추장, 된장, 김치가 얼마나 대단한지 새삼 깨닫는다. 시간이 흐를수록 맛은 깊어지고 유산균도 늘어나는 음식이라니. 장내 미생물 생태계를 생각하면 더욱 값지다.

사람들이 고기를 먹는 이유는 사람들이 고기를 먹기 때문이다.

남들이 먹으니까 먹는다.

나는 가족이 먹으니까, 학교에서 주니까.

친구가 먹으니까, 고기를 먹었다.

만약 인육을 먹는 사회에서 태어났으면 인육도 먹었을 것이고,

고기를 안 먹는 사회에서 태어났으면 안 먹었을 것이다.

전자는 과거고, 후자는 미래다.

오늘 아침에 눈을 뜨니 지지가 요가를 하고 있었다. 지지는 인도까지 가서 요가를 배워 왔다. 아주 본격적이다. 때와 장소를 가리지 않고 고난도 아사나(자세)를 취하기 때문에 가끔은 당혹스럽다. 자다 깨면 침대 옆에 거꾸로 서있는 경우도 많다. 머리를 땅에 대고 발이 하늘로 향하게 일자로 서서 한참을 지탱한다. 뱃심이 상당하다. 그럴 때마다 나는 또 지지가 사람이 맞는지 의구심이 든다. 아까는 다리를 말도 안 되게 넓게 찢은 채 평온히 앉아 있었다. 잠시 후 그 다리를 목 뒤로 넘겨서 몸을 동그랗게 말아버린다. 이제 놀랍지도 않다. 나도 옆에 매트를 나란히 펴고 따라하기 시작한다. "들이쉬고……. 내쉬고……." 하향 개자세만 반복했을 뿐인데 잠이 깨고 개운하다.

소식과 요가는 둘 다 수행이다. 몸과 마음을 정갈하고 깨끗하고 감수성 있게 만드는 과정이다. 내 몸이야말로 나의 사찰이다. 무수한 미생물을 품고 있는 소우주다. 그 우주를 무엇으로 구성하고 어떻게 운용할지는 나에게 달렸다. 내 몸이라는 사찰의 주지는 나다. 만약 사찰을 거대하고 위압적으로 만드는 것이 목적이라면 제물을 많이 바쳐야 한다. 자신의 가슴을 키우기 위해 닭의 가슴을 찢어서 더 이상 못 먹을 때까지 쑤셔 넣는 이를 본 적이 있다. 나는 그 사찰이 아름답지 않다고 느꼈다. 내가 가꾸고 싶은 사찰은 자유, 사랑, 평화의 전당이다. 그곳을 죽음과 고통으로 채우고 싶지 않다. 과욕과 과식으로 부풀리고 싶지 않다. 영적인 예민함을 유지하기 위해 꼭 필요한 것만 남기고 전부 비우고 싶다.

요가라는 말 자체가 산스크리트어로 수행이다. 칼 융이 도가의 수행법을 중국 요가라고 부르는 것을 읽었다. 그렇다면 신선 놀음도 요가다. 도인은 요기yogi다. 예부터 동서양을 막론하고 종교적 수행, 요가를 진지하게 실천했던 이들은 모두 소식을 했다. 깨끗하게 먹고 정신적인 것에 집중했다. 한정된 에너지를 식탐과 식곤의 무한 루프에 낭비하지 않았다. 나는 채식은 오래 했지만 요가, 명상, 자연식물식, 소식은 모두 초짜다. 윤리와 철학을 떠들기에 급급하여 개인적 수행을 게을리했다. 아무리 비건이어도 평생 콩고기와 비건 라면, 비건 버거만 먹고 산다면 무언가 아쉽다. 아름답지 못하다. 육체와 영혼의 건강을 위해서도 최선이 아니다. 대체육은 말 그대로 육식을 잠시 대체하는 용도일 뿐이다. 금연초 같은 도구다. 궁극적인 지향점이 될 수는 없다.

목표는 서구화, 산업화 이전의 식습관을 회복하는 일이다. 미국 채식인 사이에는 유럽 식민지화 이전의 아메리카 식단을 되살리려는 노력이 활발하다. 잉카, 마야, 아즈텍은 철저히 순식물성 식단에 기반한 문명이었다. 유럽인이 말, 돼지, 닭을 데려오기 전까지 아메리카 대륙에는 이렇다 할 가축이 없었다. 북아메리카에 들소, 남아메리카에 라마가 있긴 했지만 식용으로 쓰이지 않았다. 퀴노아, 콩, 옥수수 등이 주식이었다.

동아시아 문명도 마찬가지다. 특히 일본은 675년부터 1872년까지 육식이 불법이었다. 한반도를 통해 전해진 불교가 일본의 토착 신앙인 신도神道와 결합하면서 육식에 대한 금기가 퍼졌다. 돌아가신 조상님이 소나 사슴으로 환생했을 수도 있다는 실질적인 공포가 있었다. 가축이 귀하다는 실용적인 이유도 한몫했다. 대신 해산물 요리가 발달했다. 윤회 사상의 범주가 육상 동물로 한정되었기 때문이다. 고래도 포유류로 안 보고 어류로 봤다. 그래서 일본은 고래 식용 문화가 뿌리 깊다.

서양에 대한 열등감으로 가득 찼던 일본은 1868년 메이지 유신을 개시했다. 천황은 일본인이 고기와 우유를 안 먹어서 서양인보다 덩치가 작다고 생각했다. 스스로 소고기를 먹기 시작했고, 육식 금지를 철폐했다. 승려들은 궁궐로 쳐들어와서 항의했다. 일본 민족의 정신이 무너지는 일이라고 개탄했다. 급격한 산업화를 겪으면서 일본의 식문화는 빠르게 바뀌었다. 지금은 해산물만큼 육류 소비도 많다. 천 년 넘게 이어져 내려온 비건 지향 사회가 순식간에 무너져 버렸다. 하지만 일본의 사찰 음식, '쇼진 료리' 전통은 여전히 굳건하다. 나는 미국 LA에서 '쇼진'이라는 이름의 식당에 가서 비건 스시롤을 맛있게 먹은 기억이 있다. 한국의 사찰 음식, 소식 역시 앞으로 세계 비건 식문화를 선도할 것이다.

요가를 마치고 우리는 정취암을 찾아갔다. 산청집에서 가장 가까운 암자다. 686년 신라의 승려인 의상이 건립했다. 의상은 원효와 함께 당나라 유학을 다녀와서 신라를 불교 국가로 만드는 데 크게 기여했다. 일본 불교에도 지대한 영향을 미쳤다. 정취암에서 의상은 무엇을 먹고 어떤 생각을 했을까? 나는 암자에 오랫동안 조용히 앉아있었다.

나의 비거니즘은 더 이상 무언가를 덜어내는 데 그치지 않는다. 건강하고 아름다운 것으로 내 몸을 채우고 마음을 가꾸는 의식으로 거듭난다. 단순한 윤리에서 영적인 것으로 진화한다. 금기가 아닌 수행이다. 정취암에서 돌아온 우리는 공양하는 마음으로 식사를 준비했다. 아래는 여태껏 산청에서 우리가 해 먹은 것들이다. 지지 보살이 일기장에 기록해 둔 것의 일부를 그대로 옮긴다.

산청 레시피 기록

진희네 냉장고에 있던 재료들. 유통기한 2018년 이전식품은 사용하지 않음. 대부분 허브나 곡류 등 건조된 식재료라서 괜찮다고 판단함.

Day 1

곤드레 나물밥

재료: 냉장고에 있던 (유통기한 지난) 건조 곤드레 나물, 찹쌀, 간장 2큰술, 참깨 반 큰술, 들기름 2큰술, (고 춧가루를 대체할, 유통기한을 알 수 없는) 타바스코 1작은술.

1) 쌀과 나물을 채에 받쳐 3번 헹군 후에 30분가량 물에 담근다.

2) 압력 밥솥에 들기름을 두른 후, 나물과 소금을 한 꼬집 넣고, 약불에 볶다가 쌀을 넣고 밥을 짓는다.

3) 나머지 재료를 섞어 양념장을 만든다.

4) 밥이 다 지어지면 밥과 버무려 냠냠.

Day 2

장보러 시내에 나갔다가 문 연 중국집에 들어가 간 짜장을 채식화해 먹음.

Day 3

단호박 수프 & 마살라 쿠스쿠스 샐러드

재료: 단호박 반 개, 코코넛 밀크, 마늘 한 쪽, 바질, 타임, 쿠스쿠스, 케일, 레몬즙, 방울토마토, 가람 마살라 파우더

1) 단호박을 깍둑썰기 후 잠길 정도로 물을 붓고 삶는다. 다 삶은 후 물은 반만 남기고 나머지는 볼에 덜어놓는다.

2) 익은 단호박을 핸드 블렌더로 간다. 코코넛 밀크 150ml를 넣고 잘 섞는다. 소금과 후추, 바질과 타임으로 간을 맞추고 걸쭉한 농도가 될 때까지 중약불에 끓인다.

3) 그릇에 옮겨 담고 코코넛 밀크와 다진 허브 또는 씨드로 장식을 한다. (바질, 치아, 참깨 등)

4) 단호박을 삶고 덜어놨던 물로 쿠스쿠스를 삶는다. 소금을 한 꼬집 친다.

5) 마늘 한 쪽을 다지고 케일 500g을 가로로 썰어 올리브 오일에 볶는다.

6) 삶은 쿠스쿠스와 가람 마살라 파우더 반 큰술을 넣고 약불에 버무린 후 그릇에 옮기고 레몬즙을 한 바퀴 두른다.

된장국수

재료: 된장 2큰술, 다시마, 표고버섯, 양파, 간장, 단호박, 소면, 통깨

1) 다시마, 버섯, 양파 껍질과 물 500ml을 15분 이상 중불로 끓인다.

2) 다시마와 양파 껍질을 건지고 남은 채수에 된장 1큰 술, 간장 반 큰술, 채 썬 양파 1/4, 슬라이스한 단호박 1/4을 넣고 끓인다.

3) 소면을 삶아 물을 제거하고 참기름 반 큰술에 버무린 후 그릇에 옮긴다.

4) 소면 위에 채소와 국물을 붓고 통깨를 조금 올려 맛있게 먹는다.

나의 비거니즘은 더 이상 무언가를 덜어내는 데 그치지 않는다.

건강하고 아름다운 것으로 내 몸을 채우고

마음을 가꾸는 의식으로 거듭난다.

단순한 윤리에서 영적인 것으로 진화한다.

금기가 아닌 수행이다.

"생필품을 구하는 일은 숲, 정원, 부엌, 가족에서 공장과 대기업으로 옮겨졌다.
우리는 그 중심을 다시 땅으로 옮겼다."

_ 헬렌 니어링, 스콧 니어링, 《좋은 삶: 헬렌과 스콧 니어링의 육십 년 자급자족 인생》,
1990.

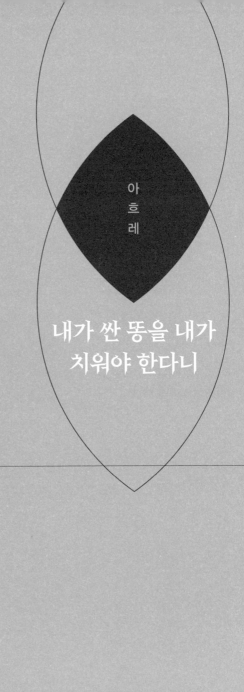

아
흐
레

내가 싼 똥을 내가
치워야 한다니

시스젠더 헤테로 남성으로서 페미니즘을 접할 때 가장 큰 충격으로 다가오는 것은 바로 외주의 문제다. 여태껏 얼마나 많은 가사 노동과 돌봄 노동을 주변 여성에게 외주 주었는가? 어릴 적 내가 부엌에 들어가면 할머니는 '꼬추 떨어진다'고 혼냈다. 집에서는 어머니가 해준 밥, 학교에서는 조리사분들이 해준 밥을 먹었다. 식당에서는 '이모'가 상다리 휘어지게 차려준 밥상을 헐값에 소비했다. 사회가 여성의 몫으로 배정한 노동은 평가절하 당하기 일쑤다. 그 불평등을 인지하면, 외주화가 특권임을 인정할 수밖에 없다. 어머니가 당연히 베풀어준 것이 사실은 당연하지 않았다. 나의 페미니즘은 외주 주었던 노동을 스스로 해나가는 연습이다. 요리하고 빨래하고 청소하고 주변을 돌보는 일에서 시작된다.

산청에서 지내는 동안 나와 지지는 요리를 하는 데 많은 시간을 썼다. 둘째날 읍내에 나가 장을 본 것을 가지고 계속 먹었다. 아침과 점심은 과일이나 샐러드 따위로 요기하고 저녁을 공들여 만들었다. 냉장고에 진희가 남겨둔 오래된 곡물, 소스 등을 활용했다. 나는 지지의 보조를 맡았다. 어깨 너머로 하나하나 배웠다. 나는 식당을 운영한 적도 있지만, 주방 일을 너무 몰랐다. (그래서 망했나?) 볶음밥 이상의 수준을 요리해본 적이 없었다. 채수를 끓이는 법, 야채를 써는 법, 샐러드 드레싱을 만드는 법 등 기초적인 것부터 익혀야 했다.

아이가 된 기분이었다. 부엌 안에서 나는 무능력하고 무기력했다. 원하는 메뉴가 있어도 어디서부터 시작해야 할지 몰랐다. 어떤 향신료를 얼마나 뿌려야 할지도 감이 없었다. 학교에서는 왜 이런 것을 안 가르쳐줬을까? 민사고 급식은 정말 맛있었다. 영양사님의 친절한 미소와 매일매일 풍성하게 바뀌었던 뷔페 식단이 기억난다. 다트머스, 옥스퍼드의 급식도 엄청났다. 내가 공부에 집중할 수 있도록 항상 맛있는 음식이 도처에 준비되어 있었다. 기숙사 학교에 다닌다는 것은 끼니를 외주 주는 것이다. 군대도 마찬가지였다. 맛은 없었지만 편리했다. 나는 오랜 시간 공공 급식에 의존해서 살았다. 요리에 대한 고민을 깊게 해본 적이 없었다. 그래서 서른이 다 될 때까지도 들깨 못국 하나 제대로 못 끓이는 인간이었다.

지지는 가끔 엄마 같은 소리를 한다. 내가 아이 같을 때마다 그럴 것이다. 청소기를 돌렸는데 시원치 않을 때, 요리를 했는데 간이 안 맞을 때, 옷장을 정리했는데 엉망일 때, 화장실 물때를 제대로 안 지웠을 때 등등. 지지는 어릴 적부터 신경 쓰도록 훈련받은 살림 노동의 요소가 나에게는 보이지 않는 경우가 허다하다. 내가 어머니에게, 청소 노동자에게, 공공 급식 조리사에게, 즉 여성에게 외주 주었기 때문에 챙기지 않았던 살림이다. 늘 남이 대신 신경 써주었기 때문에 나는 신경 쓸 필요가 없었다.

나는 지지와 평등하고 싶다. 그러려면 내가 탈학습해야 할 가부장적 습관도 있지만 학습해야 할 기술도 있다. 일단 살림을 잘해야 한다. 정크 비건이었을 때는 그래도 외주를 줄 수 있는 옵션이라도 있었다. 해방촌에 살면 주변에 비건 식당이 많다. 비건 슈퍼마켓도 있다. 그래서 매 끼 사 먹으면 된다. 하지만 최대한 자연식물식을 하려고 하고, 국내산 유기농으로 먹으려 하고, 플라스틱 안 쓰고 쓰레기 없이 살려고 하자 더 이상 외주를 줄 수가 없었다. 동네 마트에서 장보는 것도 제한이 있다. 유기농산물을 파는 한살림 매장이나 시장에 가서 자주 장을 봐야 한다. 내 몸에 무엇을 채울지 고민할수록, 외주를 주지 않으려 노력할수록, 나는 살림꾼이 되어야 했다.

그동안 내가 서울에서 예술, 사업, 운동 등을 휘뚜루마뚜루 해치울 수 있었던 것은 외주를 많이 주었기 때문이다. 나의 '중요한' 일에 집중하기 위해 가장 기본적인 먹고사는 일은 대충 때우거나 남에게 의탁했다. 그런데 먹고사는 일보다 중요한 것이 뭐가 있단 말인가? 우리는 흔히 먹고사니즘을 논할 때 실제로 음식을 먹고 삶을 사는 것에 집중하지 않는다. 임금 노동의 질을 이야기한다. 직장과 경력에 초점을 맞추다 보면 당장 내 몸 안에 무엇이 어떻게 들어오는지는 신경쓰기 힘들다. 그럴 시간에 일을 더 해서 남에게 돈 주고 맡겨버린다. 본말이 전도된다. 도시에서의 삶은 너무 빠르다. 나 혼자 속도를 늦출 수가 없다. 더 이상 외주를 주지 않으려 하자 나는 시간이 턱없이 부족했다. 바깥일을 똑같이 하면서 집안일도 완벽히 해치우기란 불가능하다. 내가 일반적인 직장인이었으면 엄두도 못 냈을 것이다.

그런데 외주화가 꼭 나쁜가? 우리 모두 외주를 주고 있지 않은가? 자급자족을 하지 않는 이상 외주를 주지 않을 수 없다. 아무리 장 보고 요리까지 직접 다 해도 식재료 생산과 배송까지는 하지 않는다. 사회 유지를 위해 약간의 외주화는 필수다. 이렇게 생각하면 나의 고민은 원점으로 돌아온다. 가사 노동과 돌봄 노동의 외주화가 반드시 나쁜가? 나는 내 일에 집중하고 장 보기, 요리, 빨래, 청소 등은 남에게 맡기는 건 분업이라 볼 수 있다. 정당한 대가를 지불하면 문제없다. 외주화는 불평등의 측면에서 위험하긴 해도 우리가 안고 가야 할 숙제다. 완전히 폐기할 수는 없다.

그러나 기후생태위기를 고려하면 외주화는 더 이상 누릴 수 없는 사치다. 여기가 바로 여성주의와 채식주의, 생태주의가 만나는 지점이다. 모든 외주화의 끝에는 자연이 있다. 오늘날 세계경제는 비인간 동물과 삼림, 화석연료 등 천연자원에 대한 착취 위에 서있다. 소, 돼지, 닭의 고통에 대한 대가를 치르지 않고, 석탄, 석유, 가스의 환경적 비용을 지불하지 않기 때문에 돌아갈 수 있는 구조다. 비인간 동물의 엄연한 노동을 노동으로 인정하지 않고, 화석연료라는 유한한 자연자본을 무한한 소득처럼 여긴다. 만약 노동으로 인정한다면, 자본으로 여긴다면, 이토록 무분별하게 사용하지 못할 것이다. 우리는 모두 자연이라는 하청업체의 피와 땀에 의존해서 살아간다.

산청집은 변기가 없다. 생태적으로 지어졌기 때문이다. 똥을 통에 싸서 커피 가루랑 흙으로 덮었다가 나중에 들고 나가서 파묻어야 한다. 처음 해보는 거라 두려웠다. 변기에다가 똥을 싸고 버튼만 누르면 눈앞에서 사라져버리는 엄청난 혜택을 평생 누렸기 때문이다. 내가 싼 똥을 내가 치워야 한다니! 똥통을 손수 옮긴다는 개념 자체가 끔찍했다. 그래서 나는 참았다. 일주일 가까이 지나자 더는 참을 수 없었다. 큰 각오를 하고 똥통 위에 앉았다. 난생 처음 똥을 싸면서 묻을 땅과 씻을 물을 생각했다. 내가 먹을 것을 만드는 일만 외주 준 게 아니었구나. 싼 것을 처리하는 일도 외주 주었구나. 나는 진짜 평생 먹고 싸기만 했지 그 앞뒤는 생각조차 안 했구나.

공중 화장실에서 남자들이 오줌을 앉아서 싸지 않고 서서 싸는 것도 변기 청소를 외주 주기 때문이다. 화장실 청소는 대부분 중년 여성이 한다. 오줌을 서서 싸면 매우 더럽다. 아무리 잘 조준해도 다 튄다. 매번 갈길 때마다 스스로 닦아야 한다면 다들 얌전히 앉아서 쌀 것이다. 하지만 싸기만 하지 닦을 필요는 없기 때문에 너도나도 간편히 고추만 딱 내놓고 휘갈겨버린다. 나는 고속도로 휴게소 화장실에 들어갈 때마다 괜한 것을 밟지 않으려고 바닥을 살핀다.

외주화는 대상으로부터 주체를 소외시킨다. 먹는 것과 싸는 것에 대해서 사유하지 않게 만든다. 현대 자본주의는 경제 성장의 이름으로 전지구적 외주화를 조장한다. 우리는 아르헨티나에서 생산한 곡물로 만든 사료를 수입해서 농장에 있는 가축에게 먹이고, 가축을 운송하여 도살장에서 죽이고,

상품화하여 식당에서 조리하고, 배달해서 집에서 먹는다. 그 과정에서 발생하는 아마존의 삼림 파괴나, 선박의 탄소 배출이나, 농장과 도살장의 비명 소리나, 식당과 배달 플랫폼의 노동 조건을 신경쓰지 않는다. 채식주의는 내가 밥을 어떻게 먹는 것이 좋은지에 대한 고민이라면 생태주의는 내가 똥을 어떻게 싸는 것이 좋은지에 대한 고민이다. 인간은 태어난 이상 똥을 안 쌀 수 없다. 소비를 아예 안 하기도 힘들다. 생태주의는 그래서 순환적 생산구조를 만드는 게 핵심이다. 지구가 지속 가능하려면 인간이 소비와 배출을 적당히 해야 한다. 적어도 앞으로 계속 똥을 쌀 수 있을 정도만 싸야 한다.

현재의 구조는 지속 불가능하다. 인간중심의 근대 문명 바깥에 있다고 정의된 것에 대해서도 응당한 가치를 책정해야 한다. 예를 들어, 지금처럼 싼값에 고기, 생선, 계란, 우유를 먹을 수 있어서는 안 된다. 비인간 동물을 주체로 인정하는 순간, 지금의 노예적 착취 구조는 정당성과 경제성을 잃는다. 축산업의 환경, 보건 비용을 오롯이 부과하면 동물 사체와 부산물의 가격은 폭등할 것이다. 마찬가지로 탄소 배출이 기후와 생태에 미치는 영향에 값을 매긴다면 대한민국의 모든 석탄 발전소는 가동을 멈출 것이다. 우리의 하청 업체 '자연'은 이미 도산했다. 인수공통감염병과 이상기후로 답하고 있다. 이제는 외주를 주어서도 안 되고, 줄 수도 없다.

모든 외주화의 끝에는 자연이 있다.

오늘날 세계경제는 비인간 동물과 삼림, 화석연료 등

천연자원에 대한 착취 위에 서있다.

소, 돼지, 닭의 고통에 대한 대가를 치르지 않고,

석탄, 석유, 가스의 환경적 비용을 지불하지 않기 때문에

돌아갈 수 있는 구조다.

비인간 동물의 엄연한 노동을 노동으로 인정하지 않고,

화석연료라는 유한한 자연 자본을 무한한 소득처럼 여긴다.

나는 기후생태위기가 세대 전쟁이라고 주장한다. 윗세대가 싼 똥을 우리 세대가 평생 치워야 하기 때문이다. 산업혁명 이후 자본 계급은 이익 창출과 경제 성장이라는 이념을 위해 자연에게 끝없이 외주를 주었다. 나는 초등학생 때부터 환경 문제가 심각하다고 교과서에서 읽었다.

'이렇게 심각한 전 지구적 위기가 있다고 하니 어른들이 알아서 하겠지. 당장 지구 기온이 올라가고 환경이 파괴되어서 인간이 살기 힘들어진다는데, 다른 게 무슨 소용이겠어. 똑똑하고 힘 있는 사람들이 모여서 얼른 이것부터 해결해주겠지.'

나는 막연히 이렇게 생각했다. 하지만 환경은 내 삼십 년 평생 나빠지기만 했다. 스물이 되자 미세먼지가 일상이 되었고 서른이 되자 코로나19가 터졌다. 의도와 상관없이 나의 세대는 산업화 세대의 하청 업체가 되었다. 그들이 저지른 자연 파괴의 후처리를 우리가 담당해야 한다. 자연이 도산하면 우리도 줄도산하기 때문에 선택의 여지가 없다.

그렇다면 앞으로 우리는 어떻게 살아야 하나? 모두 시골에 가서 자급자족할까? 산청에 머물면서 그런 생각을 많이 한다. 결국 자급자족밖에 답이 없는 것 같다. 농사를 중심으로 하는 소규모 공동체를 꾸리고 호혜적인 연대망을 만들어서 살아가는 것이 최선이다. 도시보다 농촌에 미래가 있고, 큰 것보다 작은 것이 아름답다. 내가 먹을 것은 되도록이면 직접 키우고, 조리하고, 필요한 물건이 있으면 중고로 사고, 아껴 쓰고, 나눠 쓰고, 바꿔 쓰고…… 외주를 주지 않으려면 포기할 게 끝도 없다. 노력해서 바꾸어야 할 나의 습관이 너무 많다. 비건이 되는 것은 정말 최소한의 시작일 뿐이다.

서울에서는 한계가 있다. 일단 사람이 너무 많다. 내가 가꿀 땅 한 평 없다. 외주를 주지 않고는 서울에서 살 수 없다. 내 고향 강원도가 달리 보인다. 어릴 적에는 빨리 벗어나고만 싶던 강원도가 이제는 미래의 땅 같다. 사람이 적고 자연이 그나마 덜 개발되었다. 어디 한적한 강원도 산골에 비건들끼리 모여서 진짜 생태적이고 지속 가능한 공동체를 꾸리면 좋겠다. 농장이나 동물원에서 구조한 비인간 동물의 보금자리를 마련하고 그것을 중심으로 자그마한 마을을 이루는 것을 상상해본다.

물론 역사상 모든 유토피아 공동체가 그러했듯이 비건촌도 완벽하지 못할 것이다. 사람이 모이면 각자의 욕망이 충돌하고 본래의 취지가 퇴색된다. 그래도 지금처럼 서울에 다닥다닥 모여서 자가격리 하며 사는 것보다는 낫지 않을까? 산청간디마을학교 주변에 생긴 생태마을도 이십 년이 지난 지금은 사실상 전원주택 단지 같다. 어설픈 유럽식 별장과 주말 농장이 모여 있다. 유토피아는 이 세상에 있을 수 없다. 하지만 나는 여전히 사랑하는 모두가 평화롭고 행복하게 사는 마을을 꿈꾼다. 2050년까지 비건 한국을 만들고 싶다는 꿈과 같다. 삼십 년 뒤 어디서 뭐하고 있을지는 알 수 없지만, 지금보다는 훨씬 땅과 가까워지고 싶다는 바람이다.

동물해방을 위해서는 진보를 말해야 하지만, 생태주의를 위해서는 순환을 말해야 한다. 인류의 정신은 무한히 진보할 수 있을지라도 지구의 자원은 유한하다. 순환적인 경제만이 지속 가능하다. 무한 경제성장의 신화는 위험하다. 이제는 성장주의를 탈피하고 경제 규모를 줄이는 것이 오히려 진보다. 인구도 감소해야 한다. 출산 장려 정책만큼 환경파괴적인 것이 없다.

생활양식과 사회구조의 대전환이 필요하다. 나는 외주화에 대한 재고가 그 시작이라고 믿는다. 인간이 자연으로부터 취하는 것이, 어머니가 차려준 밥상처럼, 당연하지 않다는 사실. 인간이 지구로부터 받는 돌봄이, 어머니가 베풀어준 사랑처럼, 무한해 보이지만 유한하다는 사실. 더 늦기 전에 자각해야 한다. 외주 주기를 멈추면 우리의 삶은 작아지고, 느려질 것이다. 경제성장도 끝이다. 어차피 죽은 지구에는 경제도 없다. 대신 삶의 본질에 충실할 수 있다. 윤리적이고 건강한 밥 한 끼에, 미세먼지 없이 맑은 공기에, 이상하지 않은 날씨에 감사한다. 나는 그저 건강한 지구에서 건강한 동물로서 제명을 다하고 싶을 뿐이다.

한 번 똥을 싸서 땅에 묻고 나니 그다음부터는 별로 어렵지 않았다. 겁먹지 않고 배가 아프면 바로 화장실에 갔다. 요리도 하다 보니 조금씩 자신감이 붙었다. 나는 수프 만들기에 꽂혔다. 야채를 푸짐하게 끓여놓으면 두고두고 먹을 수 있었다. 외주 주었던 것을 스스로 해나가는 과정은 예상치 못한 성취감을 준다. 어른이 되어가는 기분이다.

칸트가 말한 계몽주의의 핵심은 '스스로 생각하라'는 것이다. 타인의 지도 없이 자신의 지성을 쓸 용기를 가져야 미성년기를 벗어날 수 있다고 했다. 나는 이것은 반쪽짜리 계몽주의라고 본다. 스스로 생각하는 것만큼 중요한 것이 스스로 실천하는 것이다. 칸트는 만찬회를 즐기기로 유명했다. 매일같이 집에 손님을 초대했다. 자고로 철학자란 혼밥을 할 때 생각이 고이기 망정이라고 경고했다. 하지만 그가 고상한 대화를 나누는 동안 밥상을 차린 것은 그의 가정부였다. 스스로 생각하는 일에 집중하기 위해 그는 살림을 외주 주었다. 형이상학적인, 육체를 초월하는 것을 높이 사고 형이하학적인, 육체적인 것은 등한시했다. 스스로 생각만 한다고 어른이 되는 것은 아니다. 애덤 스미스나 칸트처럼 아무리 똑똑한 철학자여도 가장 기본적인 살림을 직접 하지 않는다면 미성년기를 벗어났다고 볼 수 없다. 생각과 행동, 이론과 실천이 함께 커야 진정한 성숙이다. '스스로 살림하라'야말로 새로운 계몽주의의 모토다.

산청집 서가에는 집 짓기부터 정원 만들기, 버섯 키우기 등 자급자족 관련 실용서가 많다. 진희는 이 집도 직접 지었다. 자급자족의 시작은 내가 살 집을 손수 만드는 것일 테다. 이곳에서 나는 지지와의 미래를 생각한다. 앞으로 우리는 어디서 살까? 진희가 살아온 역사를 음미하면서 우리만의 산청집을 꿈꾼다.

"우리도 꼭 집 짓자. 애는 절대 낳지 말자."

지지는 안도 다다오 작품처럼 노출 콘크리트로 된 집을 원한다. 콘크리트는 영원하기 때문이다. 나는 창밖으로 자연을 내다볼 수 있는 배산임수의 집을 원한다. 층간 소음 걱정 없이 마음껏 춤추고 노래하고 사랑할 수 있는 곳이길 바란다.

《사피엔스》의 저자 유발 하라리는 비건이다. 공장식 축산이야말로 인류 역사상 최악의 범죄라고 썼다. 그는 아침 저녁으로 명상을 한다. 일 년에 한 번씩 인도에 가서 위빠사나 수행을 한다. 평소에는 남편과 함께 이스라엘의 카르메이 요세프라는 협동 농장 공동체에 거주한다. 내가 석사 과정을 밟을 때 《사피엔스》가 영국에서 베스트셀러였다. 비건의 입장에서 인류 문명의 위선을 관통하는 빅 히스토리를 담대하게 써내려간 것이 멋졌다. 그래서 지도 교수와의 면담 시간에 《사피엔스》 같은 역사를 쓰고 싶다고 했다. 지도 교수는 하라리가 옥스퍼드에서 석박사를 했기 때문에 안다고 했다. 원래 유럽 중세 전쟁사를 쓰던 사람인데 갑자기 빅 히스토리를 한다고 전문성도 없는 영역을 건드려서 꼴사납다고 했다. 더군다나 역사학자가 미래를 예측하는 것은 있어서는 안 되는 일이었다. 나는 속으로 '저는 교수님보다 하라리 같은 역사가가 되고 싶어요.'라고 답했다. 경제학자는 맨날 미래를 예측하고 틀리고를 반복하는데 역사학자는 왜 나서면 안 되나? 인류가 과거의 실수를 반복하지 않으려면 차라리 역사학자의 말을 들어야 한다.

하라리가 사는 카르메이 요세프는 1,700명 정도가 모인 '모샤브'라는 유형의 협동 공동체다. '키부츠'가 공산주의적인 공동 생산 체제라면 모샤브는 더 큰 자율성이 허락된다. 물론 하라리가 농사를 짓지는 않는다. 그는 수영장이 딸린 집에서 글만 쓰고 산다. 나는 수영장은 없더라도 하라리처럼 동반자와 함께 자그마한 공동체에 살고 싶다. 번잡함을 벗어나서 창작에 집중할 수 있으면 더할 나위 없이 좋겠다.

지지는 내게 《헬렌 니어링의 소박한 밥상》이라는 책을 건 냈다. 헬렌과 스콧 니어링 부부는 뉴욕시의 아파트를 떠나 뉴잉글랜드 시골 농장으로 이주했다. 그들은 평화주의자, 사회주의자, 채식주의자였다. 삶과 사상을 일치시키기 위해 '땅으로 돌아가자'는 운동을 벌였다. 직접 집을 짓고 농사도 지었다. 함께 여행을 다니며 책도 썼다. 진보적인 경제학자였던 스콧 니어링은 원래 펜실베니아 주립대에서 교수로 근무했으나 이사회에 의해 해고되었다. 이후 재야에서 미국 좌파 급진주의를 대표하는 목소리를 냈다. 그는 사회주의자였지만 계급투쟁에 있어서도 철저히 평화주의로 일관했다. 마르크스와 레닌보다는 소로우와 톨스토이의 계보를 잇고자 했다. 니어링 부부는 60년 동안 함께 소박하고도 건강한 삶을 누렸다. 농장에서 직접 재배한 채소로 자급자족했다. 헬렌은 91살, 스콧은 100살까지 살았다. 진희 부부가 꿈꾸었던 삶도 니어링 부부와 비슷했을 것이다.

내가 지지와 살게 될 인생이 하라리 부부 같을지 니어링 부부 같을지 진희 부부 같을지 알 수 없다. 우리는 산청에서 온갖 장밋빛 미래를 그렸다. 언젠가 시골로 이사 가서 자급자족에 가까운 삶을 살자는 데까지는 합의했다. 하지만 직접 지을 배산임수의 노출 콘크리트 집 안에 변기를 둘지 말지에 대해서는 서로 아무 말도 하지 않았다.

"인식의 문이 깨끗이 열리면 만물이 인간에게 있는 그대로 보이리라 - 무궁무진."

_ 윌리엄 블레이크, 《천국과 지옥의 결혼》, 1790.

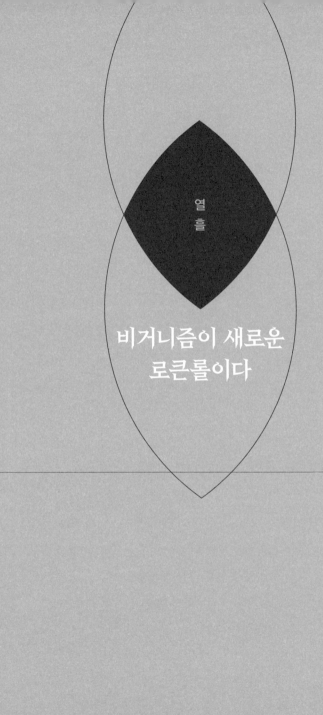

열 흘

비거니즘이 새로운
로큰롤이다

나의 종교는 로큰롤rock and roll
이다. 비유적으로 하는 말이 아니다. 로큰롤은 내게 영적인
의미를 갖는다. 물론 나는 무신론자. 신이 있다고 해도 이
렇게 끔찍한 세상을 창조했다면, 심지어 지금 이 순간에도
자신이 빚어낸 인간이 벌이는 어리석고 잔학한 짓거리를 관
망하고 있다면, 숭배하기보다 비판해야 마땅하다. 하지만 나
같은 무신론자 또는 반신론자에게도 종교적 가치는 필요하
다. 삶의 목적과 의미를 부여하는 나침반이 있어야 한다. 허
무주의와 염세주의는 인간을 병들게 한다.

  나는 로큰롤을 위해 산다. 적어도 지금은 그렇다. 원래는
국제 변호사가 되어 동북아 평화 체제에 기여하는 것이 삶
의 목표였다. 그러다 자유롭게 살고 싶어서 진로를 바꿨다.
지금은 양반들의 지훈, 천욱, 석호, 성호와 함께 음악을 만들
고 연주하는 것이 나의 사명이다. 나는 음악을 만들 때 가장
행복하다. 무대 위에서 공연할 때 무아지경에 도달한다. 자
아를 초월해서 밴드, 나아가 관객과 하나가 된다. 내가 자발

적이고 정기적으로 참석하는 집회는 록 페스티벌밖에 없다. 그곳에 가면 나의 영성이 충만해진다. 살아있음에 대한 감사와 인류에 대한 사랑을 느낀다. 자유에 도취한다. 로큰롤은 나에게 세속화된 종교의 기능을 한다. 나는 먼저 가신 기타의 신들을 숭배하며 성가 대신 로큰롤 명곡을 읊조린다.

로큰롤은 원래 흔들고 뒹군다는 말이다. 섹스를 뜻하는 은어다. 다시 말해 로큰롤은 말 그대로 사랑이다. 로큰롤이 종교라면 오늘날 그 종교의 교황은 비틀즈의 폴 매카트니다. 그런데 교황 폴은 '채식주의가 새로운 로큰롤'이라고 선언했다. 그는 1975년 아내 린다를 만나 채식주의자가 된 후 지금까지 동물권운동에 몸담고 있다. 영국에서 '고기 없는 월요일' 운동을 직접 시작했다. '미트 프리 먼데이Meat Free Monday'니까 정확히는 고기로부터 자유로운 월요일이다. 로큰롤이 상징하는 자유와 고기로부터의 자유는 일맥상통한다. 폴은 '만약 도살장이 유리벽으로 되어있다면 사람들은 모두 채식주의자가 될 것'이라고 주장했다. 린다 매카트니는 1998년 사망했지만, 딸 스텔라 매카트니는 현재 본인의 이름을 딴 비건 패션 브랜드를 운영하고 있다.

결국 로큰롤도 사랑, 채식주의도 사랑이다. 지구와 동물, 그리고 나 자신을 사랑한다면 고기로부터 자유로워져야 한다. 물론 모든 로큰롤러가 채식주의자는 아니다. 더 스미스의 보컬 모리시, 라디오헤드의 보컬 톰 요크, 레드 핫 칠리 페퍼스의 보컬 앤서니 키디스가 대표적인 비건이다. 요즘 인기 절정인 빌리 아일리쉬도 집안 전체가 채식운동을 한다. 모비는 아예 목에다가 'Vegan for Life(평생 비건/생명을 위한 비건이라는 중의)'라는 문신을 새기고 동물권운동에도 열심이다. 하지만 채식주의자가 아닌 로큰롤러가 더 많다. 사람마다 로큰롤이 갖는 의미는 다를 수밖에 없다.

나에게 왜 다른 장르가 아닌 로큰롤을 하느냐고 물으면 두 가지로 답한다. 로큰롤은 1) 사랑이자 2) 자연이다. 힙합과 비교하면 분명하다. 힙합은 태생적으로 80년대 미국 도심 흑인들의 역경을 담은 음악이다. 주된 메시지는 성공과 과시다. 드레이크의 노래 '밑바닥부터 시작해서(Started from the Bottom)' 가사가 함축적이다.

"밑바닥부터 시작해서 이제 우린 여기까지 왔지 (Started from the bottom now we here)
밑바닥부터 시작해서 이제 내 팀 전부가 씨발 여기까지 왔어 (Started from the bottom now my whole team fuckin' here)"

인종차별과 빈부 격차로 인해 범죄에 휘말릴 수도 있었지만 결국 힙합 하나로 성공했고, 이제는 내가 '짱'이라는 서사가 힙합의 일반적인 줄거리다. 물론 사랑을 노래하는 랩퍼도 많고, 과시만 하지 않는 경우도 있다. 그러나 대체로 힙합은 자신을 뽐내는 말을 어떻게 하면 빠르고 많이 늘어놓느냐의 경쟁이며, 소비사회의 상품 물신주의를 조장한다. 요즘 한국에서 힙합은 '스웨거'와 '플렉스'로 요약된다. 여성을 대상화하는 것이 기본 덕목이다. 가사 밑에 깔리는 비트는 다분히 도시적이다. 직접 연주보다는 샘플링을 활용해 기계적이고 반복적이다. 힙합은 80년대 미국을 지배했던 신자유주의 성공 신화의 내러티브를 그대로 반영한다.

반면 로큰롤은 미국의 전성기였던 60년대에 폭발한 음악이다. 시대가 흐르면서 하부 장르도 많아졌지만 나는 60년대 사이키델릭 록을 가장 좋아한다. 비틀즈, 롤링 스톤스, 도어즈, 지미 헨드릭스 등등. 당시 미국 히피 세대의 반전 평화주의와 유럽 68혁명의 사상이 합쳐져 자본주의에 대한 근본적인 반감이 만연했다. 자연으로 돌아가자는 분위기가 퍼졌다. 근대 서구 문명에 대한 반항이 고대 동양 사상에 대한 관심으로 이어졌다. 예를 들어 도어즈는 올더스 헉슬리의 《인식의 문The Doors of Perception》에서 밴드 이름을 땄다. 《멋진

신세계》의 저자로 유명한 헉슬리는 불교 사상에 심취하여 사이키델릭 문화의 철학적 기틀을 다졌다. 도어즈는 자신의 음악이 청자로 하여금 자아를 초월한 또 다른 세계로 입장하는 문과 같은 역할을 하길 바랐다. 비틀즈는 영국의 원로 철학자인 버트런드 러셀을 만나 베트남 전쟁에 대한 문제 의식을 환기하고 평화를 노래했다.

이러한 흐름의 절정이 1969년 우드스톡 페스티벌이었다. 부제는 '3일간의 평화와 음악'. 미국 뉴욕 주의 한 농장에 45만 명이 넘게 모여서 음악과 마약과 사랑을 나눴다. 원래는 유료 행사였으나 너무 많은 인파가 몰리자 무료로 바뀌었다. 비가 와서 온통 진흙탕이 되었다. 하지만 누구도 개의치 않았다. 놀라울 정도로 평화로운 행사였다. 뉴욕 주지사는 군대를 파견하려 했지만 주최 측이 필요 없다고 설득했다. 축제 기간 동안 2명이 죽고 2명이 태어났다.

60년대 로큰롤이라고 모두 자유, 사랑, 평화를 노래한 것은 아니다. 여성혐오적인 문화가 만연했다. 철저히 백인 남성 중심적인 산업이었다. 하지만 60년대 사이키델릭 로큰롤의 이상 속에는 분명 초월주의와 평화주의가 있었다. 모든 음악 장르가 그렇듯이 로큰롤도 태동하던 시대의 정신을 담고 있다. 자본주의가 만든 도시라는 괴물을 벗어나 자연에서 다 같이 어울리며 원초적인 자유를 만끽하자는 열망이 있었다.

우드스톡이 그 원형이며, 이후 모든 록 페스티벌은 최대한 자연에 가까운 곳에서 개최되었다. 현존하는 가장 큰 음악 축제인 영국 글래스톤베리 페스티벌도 농장에서 열린다. 한국에서는 DMZ 피스 트레인 뮤직 페스티벌이 가장 이러한 정신에 가깝다.

나는 축제에서 음악을 연주하고 싶어서 로큰롤을 만든다. 카페에서 배경 음악으로 깔리는 것도 좋지만 그것이 내 종교의 궁극적 목적은 아니다. 음악을 통해 '나'라는 개별성을 뛰어넘어서 밴드와 관중, 나아가 자연과 하나 되는 것이 로큰롤이다. 그런 순간은 내 인생에서 많지 않았다. 열 번 정도 있었던 것 같다. 코로나 시대에는 상상도 못한다. 내가 요즘도 해방촌 지하 토굴에서 양반들과 음악을 만드는 것은 언젠가 우리에게도 우드스톡과 같은 순간이 찾아오리라는 희망 때문이다. 2016년 광화문 민중총궐기 때 나는 100만 명 앞에서 노래하는 기분을 맛보았다. 펜타포트 록 페스티벌에서는 새벽 세시에 관중과 날뛰는 황홀경을 느꼈다. 절대 포기할 수 없는 즐거움이다.

산청집에서의 마지막 밤, 나는 다락에서 진희의 LP와 CD가 담긴 상자를 발견했다. 보석 같은 음반이 많았다. 이걸 이제야 보다니! 냉장고에 지미 헨드릭스와 지미 페이지 사진이 붙어있는 집 안인데, 음반 콜렉션이 없는 게 이상했다. 집을 비우면서 한 켠에 정리해둔 모양이다. 옆에는 클래식 기타, 리코더, 드럼 세트도 있었다. 양반들과 여기서 합주를 해도 되겠다. 집에서 쿵쾅쿵쾅거리는 것은 서울에서 상상도 못하는데, 산청에서는 충분히 가능한 일이었다.

음악을 틀고 지지와 함께 춤을 추었다. 쿨라 셰이커에서 앨리스 콜트레인, 댄지그로 이어졌다. 층간 소음 걱정이 없으니 마음대로 소리 지르고 뛰놀았다. 비거니즘과 로큰롤 모두 사랑이라는 나의 신앙을 공유하는 진희의 집에서 보낸 열흘. 나는 눈앞에서 엉덩이를 흔드는 지지뿐만 아니라 맨발로 밟고 있는 황토, 그리고 이 황토집을 품고 있는 지리산과도 하나가 된 것 같았다. 나아가 영국에 있는 진희와 윤오 루스와도 느슨히 연결되었다.

사랑은 결국 하나 됨이다. 나눠진 것이 하나 됨으로써 온전해지는 일이다. 인간은 태어날 때, 그러니까 어머니로부터 분리될 때부터 불완전함을 느낀다. 갓난아기는 세상에서 가장 무력하고 불안한 존재다. 사랑을 갈구한다. 다시 하나 되고 싶어한다. 하지만 어머니 뱃속으로 재입장할 수는 없다. 그래서 성숙한 방식의 사랑을 배운다. 각자의 개별성과 존엄성을 인정하고, 관계를 설정하고, 상대를 배려하고, 역지

나를 먼저 사랑하고 남을 사랑한다.

내가 온전하지 못하면, 남을 사랑할 수 없다.

성숙한 사랑은 주체적이고 독립적이며 조화롭다.

자유롭고 평등하다.

사지하는 훈련을 한다. 나를 먼저 사랑하고 남을 사랑한다. 내가 온전하지 못하면, 남을 사랑할 수 없다. 성숙한 사랑은 주체적이고 독립적이며 조화롭다. 자유롭고 평등하다. 새디스트와 마조히스트 간의 관계, 기생충과 숙주의 관계는 사랑이 아니다. 의존이자 공생관계다. 나를 낮추거나 남을 누르지 않는 방식으로, 종속되거나 지배하지 않는 방식으로 하나 되는 것이 사랑이다. 갓난아이의 미숙한 열망과는 다르기 때문에 쉽지 않다. 시행착오와 발전이 필요하다. 성인이 된다고 반드시 성숙한 사랑을 하는 것은 아니다. 어쩌면 인생의 과업이란 제대로 된 사랑을 한 번이라도 해보는 것일지 모른다.

인류의 역사도 비슷하다. 태초에 인간은 자연의 일부였다. 대지모, 즉 땅이라는 어머니의 자식이었다. 자연재해와 맹수를 두려워하는 굉장히 무력하고 불안한 존재였다. 인류는 문명을 발달시키고, 땅의 어머니가 아닌 하늘의 아버지를 숭배하면서, 자연과 멀어지기 시작했다. 해, 달, 산, 바다, 호랑이, 곰 같은 자연물이 아닌 인격신을 섬겼다. 인간을 닮은 신을 만들어 놓고, 인간이 신을 닮았다고 자만했다. 가모장제에서 가부장제로, 자연숭배에서 인간숭배로 나아가면서 기고만장했다. 기어코 21세기에 이르러서는 스스로 신이라고 착각한다. 하늘에서 우쭐대면서 지구를 내려다본다. 땅으로부터 괴리되어도, 기후생태위기가 심각해져도, 자신은 괜찮을 것처럼 행동한다. 우주에 식민지를 짓겠다고 난리다.

계몽이란 인류가 미성년기를 벗어나는 것이라 했다. 나는 오늘날 인류가 사춘기쯤에 도달했다고 생각한다. 이성과 과학의 힘으로 머리 좀 컸다고 모부님한테 까불고 있다. 곧 땅을 치고 후회할 거다. 진정한 계몽이란 인류가 모든 지구 생명체와 성숙한 사랑을 하는 것이다. 의존적이거나 착취적인, 미숙한 관계를 벗어나 존중과 배려로 나아가는 것이다. 그것이 기후생태위기의 시대에 인류가 이뤄야 할 역사적 진보다. 그래서 나에게 계몽주의와 평화주의, 여성주의와 생태주의, 채식주의와 로큰롤은 결국 하나다. 모두 사랑이다. 고립된 개인으로서의 나를 초월하여 모두와 하나 되는 일이다. 사랑이야말로 내 삶의 목적이자 역사의 진보다.

소로우는 《월든》을 이렇게 끝맺었다.

"사랑이나 돈, 명예 대신 내게 진리를 달라."

그의 고독한 인생은 진리를 찾기 위한 수행이었다. 소로우에게 진리란 과연 무엇이었을까? 사랑은 아니었나 보다. 그래서 월든에서의 2년 2개월뿐만 아니라 44살 평생 동반자 없이 고군분투했다. 소로우는 금욕적이고 엄숙하게 스파르타식으로 살아야 진리를 얻을 수 있다고 믿었다.

간디의 자서전 부제는 '진리 실험 이야기'이다. 그가 영국 제국주의에 저항하여 벌인 비폭력 시민 불복종 운동은 '사티아그라하'라고 불린다. '사티아'는 진리, '그라하'는 지배를 뜻한다. 진리의 지배가 사티아그라하다. 간디는 16살 때 아내와 섹스하는 동안 아버지가 사망했다. 그것 때문에 심한 죄책감에 시달렸다. 성욕은 진리를 추구하는 데 걸림돌이라고 결론지었다. 애초에 아내와의 사랑을 자신의 욕구 해소 수단으로 여겼기 때문이다. 간디는 애를 넷 낳고 38살 때 금욕주의를 선언했다. 아시람에 사는 자신의 추종자들도 성별에 따라 엄격히 분리했다. 부부가 함께 잠들지 못하도록 강제했다. 하지만 본인은 예외였다. 1944년 아내가 죽은 뒤, 간디는 여성 신도들을 자신의 침대에 들게 했다. 그들과 섹스를 하지는 않았다. 그저 나체로 함께 잤다. 이것을 그는 금욕 시험이라고 불렀다. 1947년부터는 18세 조카딸 마누와 조카며느리 압하가 시험 대상이었다. 자신이 성욕을 느끼는지 안 느끼는지 확인하기 위해 미성년 여성을 이용한 것이다. 간디는 독립된 인도가 힌두교와 이슬람교로 나뉘어 갈등하는 것이 자신이 도덕적으로 불완전하기 때문이라는 과대망상에 빠져 있었다. 그래서 단식투쟁과 마찬가지로 금욕 시험을 했다. 1948년, 힌두 민족주의자에 의해 암살당할 때도 간디는 마누, 압하와 함께 있었다.

나는 소로우와 간디의 금욕주의에 동의하지 않는다. 그들이 갈구했던 진리가 얼마나 고귀하고 영험한 것인지 의문이다. 간디의 경우처럼 '진리'가 위력을 이용한 미성년 성 착취를 수반한다면 분명히 반대한다. 나의 채식주의는 금욕주의가 아니다. 사랑이다. 억압이 아닌 해방이며, 욕망의 부정이아닌 긍정이다. 나의 비거니즘은 로큰롤이다.

사실 동서고금을 막론하고 모든 종교의 본질은 사랑이다. 생명에 대한 경배이자 창조에 대한 감사다. 육식을 하려면동물을 죽여야 하지만 채식을 할 때는 식물을 죽이지 않아도 된다. 과일과 곡식은 모두 식물의 열매다. 그들의 성기다. 내가 사과와 쌀을 먹는 것은 사과나무와 벼의 사랑을 먹는것이다. 그리고 씨앗을 다시 뿌림으로써 그들의 사랑을 세상에 나눈다. 사과나무는 자손을 퍼뜨리기 위해 사과를 만들고 그것을 내가 따 먹어도 아무런 고통을 느끼지 않는다. 물과 햇빛으로 가꾸면 사과나무는 계속 사과를 만든다. 그것이 나와 사과나무의 사랑이다.

유토피아의 원형인 에덴동산은 비건 세상이었다. 신이 인간을 처음 만들었을 때 무엇을 먹고 싶었는지는 창세기 1장에 나온다.

"하느님 가라사대, '내가 너희에게 지구상의 모든 씨앗 품은 식물과 씨앗이 들어있는 열매를 가진 모든 나무를 준다. 그것이 너희의 음식이 될 것이다.”

심지어 신은 비인간 동물에게도 채식을 하라고 했다.

“그리고 지구상의 모든 짐승과 하늘의 새와 땅에 기는 모든 것-생명의 숨을 쉬는 모든 것-에게 말했다. 너희에게 푸른 식물을 음식으로 준다.”

그래서 에덴동산을 묘사할 때는 사자도 초식동물처럼 평화롭게 등장한다. 아담과 이브는 그곳에서 발가벗고 돌아다니면서 열매만 따 먹었다. 사실 당연하다. 해방 세상을 이야기하면서 육식과 폭력과 살생을 끼워 넣는 건 모순이다. 성경을 믿는 아브라함계 종교뿐 아니라 모든 종교에서 그렇다.

내가 꿈꾸는 비건 세상에서, 에덴 동산 같은 유토피아에서, 나는 어떻게 살 것인가? 별것 없다. 먹고, 사랑하고, 춤추고, 노래한다. 그 과정에서 누구도 고통받지 않길 바란다. 나와 지구가 감당할 수 있는, 지속 가능한 수준의 똥만 싼다. 로큰롤한다. 사랑하는 사람과 음악으로 하나 된다. 내가 딛고 있는 땅과 나의 연결을 느낀다. 뭇 생명을 나의 친척이자 운명 공동체로 여긴다. 결국 우리 모두 땅에서 태어나 땅으로 돌아간다는 사실에 안도한다.

나는 산청에서 잠시나마 그렇게 살았다. 지지와 나는 아담과 이브였다. 부끄러운 줄 모르고 발가벗은 채 돌아다녔다.

사랑을 나누며 서로의 씨앗을 확인했다. 씨앗 품은 식물의 과실을 감사히 먹었다. 똥을 싸서 땅에 묻었다. 춤추고 노래했다. 동물은 원래 사랑할 때 춤추고 노래한다. 두루미는 학춤을 추고 긴팔원숭이는 듀엣으로 노래한다. 나는 로큰롤했다. 흔들고 뒹굴었다. 산청은 나의 에덴동산이었다.

진정한 계몽이란

인류가 모든 지구 생명체와 성숙한 사랑을 하는 것이다.

의존적이거나 착취적인, 미숙한 관계를 벗어나

존중과 배려로 나아가는 것이다.

그것이 기후생태위기의 시대에 인류가 이뤄야 할 역사적 진보다.

그래서 나에게 계몽주의와 평화주의, 여성주의와 생태주의,

채식주의와 로큰롤은 결국 하나다.

모두 사랑이다.

고립된 개인으로서의 나를 초월하여 모두와 하나 되는 일이다.

"인류의 반반인 여성과 남성 간의 관계를 조직하는 기본 방식은 두 가지밖에 없다. 모든 사회는 지배형-인간의 위계질서가 궁극적으로 힘이나 힘의 위협으로 뒷받침되는 유형-과 협력형, 둘 사이의 변형으로 구성된다."

_ 리안 아이슬러, 《칼과 성배: 우리의 역사, 우리의 미래》, 1987.

반년 뒤 여름, 나는 산청에 돌아갔다. 이번에는 지지가 아닌 양반들과 함께였다. 우리는 바람과 흐름을 담은 새 음반을 만들기로 작정했다. 악기부터 녹음 장비까지 모두 챙겨서 산청집 거실에 설치했다. 닷새를 머물면서 물 흐르듯이 노래를 지었다. 중산리 계곡에 가서 물놀이를 하다가, 정취암에 가서 명상을 하다가, 집에 돌아와서 악기를 연주했다. 양반들에게 산청집에 있는 동안만큼은 채식을 하자고 제안했다. 성호, 석호, 천욱, 지훈이도 나의 마음을 이해해주었다. 밥통에 현미밥을 잔뜩 해놓고, 버섯과 두부로 두루치기를 했다. 들기름 막국수를 자주 해 먹었다. 지지와 함께한 산청은 에덴동산이었다면, 양반들과 함께한 산청은 신선놀음이었다.

하루는 양반들과 집 앞에 산책을 나갔다. 부동산 개발을 위해서인지 도로 옆에 땅을 깎아놓은 곳이 있었다. 겨울에 지지와 함께 산책하다가 발견하고 한숨을 쉬었던 곳이다. 그

때는 벌거벗은 황무지 같은 땅이었다. 앉아서 한참을 명상했었다. 그런데 고작 6개월 만에 찾은 그곳은 푸르렀다. 어디서부터 시작된 건지 알 수 없어서, 지리산 전체와 연결되었다고 볼 수밖에 없는 덩굴이 땅을 덮고 있었다. 나는 깜짝 놀라 양반들에게 이야기했다. 여기가 지난번에 왔을 때만 해도 완전히 공사판이었다고. 잎사귀들이 바람결에 춤추면서 나를 비웃었다.

"자연의 생명력은 네가 생각하는 것보다 훨씬 강력해."

나는 겸허해지는 동시에 엄청난 희망을 얻었다. 인간만 나대지 않으면 지구는 곧 회복하리라는 확신을 느꼈다. 덩굴의 계시와도 같았다.

1619년 11월 11일, 스물세 살의 르네 데카르트는 꿈을 꾸었다. 용병으로 일하며 독일 바바리아 지방에 머물고 있을 때였다. 꿈속에서 천사가 등장하여 그에게 말했다.

"자연의 정복은 측량과 숫자로 이뤄질 것이다."

데카르트는 앞으로 기하학과 수학의 방법으로 모든 철학적 문제를 접근해야겠다고 결심했다. 근대 과학과 합리주의의 아버지가 환상으로 깨달음을 얻은 것이다. 얼마 뒤 그가 내린 결론은 유명하다.

"나는 생각한다, 고로 존재한다."

철학의 첫 번째 원칙을 찾던 그는 주어진 모든 것을 의심하기 시작했고, 결국 자신이 의심하고 있다는 사실 빼고는 모두 의심할 수밖에 없다고 확신했다. 생각하는 능력, 의심하는 능력, 즉 이성적인 사고 능력이 존재의 증거였다. 데카르트의 회의주의적이고 과학적인 사고 방식은 근대 기계문명의 기틀을 닦았다. 자연의 정복은 그의 예언대로 측량과 숫자, 즉 이성을 통해 이뤄졌다.

바로 그 로고스중심적인 데카르트의 사상이 현재 인류세를 초래한 인간중심주의의 뿌리다. "나는 생각한다, 고로 존재한다."는 말의 이면에는 "생각하지 못하면 존재하지도 않는다."는 편견이 깔려있다. 데카르트는 동물이 고통스럽게 울부짖는 것은 망가진 시계가 삐그덕거리는 것과 같다고 말했다. 오직 신과 인간만이 존재할 뿐, 비인간 동물은 영혼이 없기 때문에 기계와 다를 바 없다고 여겼다. 로고스중심주의는 남성중심주의, 육식주의를 정당화했고, 자연의 정복과 문명의 확장을 통한 무한 성장주의를 조장했다. 여성, 유색인종, 동물, 자연에 대한 식민주의를 지탱했다. 로고스와 조화를 이뤄야 하는 에로스를 억압하고, 이성의 짝꿍인 감성을 탄압했다. 공존과 협력이 아닌 지배와 착취를 장려했다. 육식-남근-로고스중심주의는 자본주의와 콤비를 이루어 고작 4백 년 만에 전 지구를 식민화했다. 인류는 대지와 연결되었던 탯줄을 끊어버린 것으로 모자라, 하늘을 뛰어넘어 이제 는 우주를 정복하려 한다. 신이 되려는 것이다.

억만장자의 우주관광이 유행이다. 2021년 7월 20일, 세계 제일 갑부인 아마존 창업자 제프 베이조스는 하얀 남근을 연상시키는 우주선을 타고 수직으로 치솟았다. 100km 올라 가서 대기와 우주의 경계인 '카르만 선'을 통과했다. 4분가량 무중력상태를 경험하고 낙하했다. 발사부터 착륙까지 10분 걸렸다. 우주여행보다는 놀이기구에 가까웠다. 베이조스는 '내 인생 최고의 날'이라며 엄지를 치켜들었다.

일주일 전인 7월 12일, 영국 부자 리처드 브랜슨도 비슷한 재미를 봤다. 무중력상태에 도달했을 때 71살 브랜슨 경은 감격에 겨워 말했다.

"저 아래 있는 모든 아이들에게. 나도 꿈을 가진 아이였던 적이 있단다. 별을 올려다보면서 말이지. 지금, 나는 어른이 되어 우주선에서 우리의 아름다운 지구를 내려다보고 있다. 꿈을 꾸는 다음 세대에게. 우리가 이걸 할 수 있다면 너희는 무얼 할 수 있을지 상상해보아라."

브랜슨의 설교를 듣고 나는 꿈을 생각했다. 나의 꿈은 우 주인이 되는 것이 아니다. 지구인이 되는 것이다. 오늘날 지 구인이 된다는 것은 하나뿐인 집, 지구를 살리기 위해 모든 자원과 노력을 총동원하는 것이다. 시간이 없다. 우리 세대는 별을 올려다보면서 꿈을 꿀 여유가 없다. 공해 때문에 잘 보이지도 않는다. 베이조스와 브랜슨이 우주인이 되는 동안, 유럽에서는 홍수로 200명이 죽었다. 아마존 우림은 공식적으로 탄소를 흡수하는 양보다 배출하는 양이 많아졌다. 기후생태위기는 우리 세대의 꿈을 불투명하게 만든다. 나는 우주에 안 가도 좋으니 지구 생명체로서 무사히 살고 싶을 뿐이다.

브랜슨은 항공사로 돈을 벌었다. 2006년 각성하고 기후위기 해결을 위해 10년간 30억 달러를 쓰기로 약속했다. 탄소 배출해서 번 돈을 탄소 줄이는 데 쓰겠다는 것이다. 실제로는 3억 달러를 식물성 연료 개발에 투자한 게 다다. 오히려 버진아메리카 등 새로운 항공사를 발족했다. 버진그룹의 탄소 배출량은 계속 증가했다. 베이조스 역시 2020년 기후위기 해결을 위해 10년간 100억 달러를 쓰기로 약속했다. 현재까지 16개 환경단체에 8억 달러를 나눠줬다. 전부 정치 개입을 하지 않는 제도권 단체다. 그레타 툰베리 등 젊은 기후정의 활동가들에 대해서는 지원은커녕 오히려 사업에 위협이 될까 봐 감시하고 있다.

베이조스는 기후위기 때문에 우주로 나가야 한다고 주장한다.

"수백만 명의 인간이 우주에 살고 일하면서 지구를 돕는 미래를 상상한다. 인류는 확장하고 탐험하여 새로운 에너지 및 물질 자원을 찾고, 지구에 스트레스를 주는 산업을 우주로 옮겨야 한다."

궁극적으로는 우주 공간에 빙글빙글 돌아가며 원심력으로 중력을 만드는 식민지를 건설하는 게 목적이다.

자본주의에서 승리한 자가 식민주의를 외치는 것은 역사의 법칙이다. 자본가는 늘 확장과 개발이 문제를 해결할 거라 믿는다. 자신이 성공한 방법이기 때문이다. 지난 세기 그 믿음은 세계대전과 대공황을 낳았다. 이번 세기는 기후생태위기를 야기한다. 그때나 지금이나 자본가는 우리를 구원해주지 못한다.

사실 베이조스와 브랜슨은 억만장자 중에서도 가장 기후위기에 대해 박식하고 진심인 사람들이다. 그러나 그들마저 말로는 위기를 걱정하지만 실제로는 본인이 우주 가는 게 우선이다. 삶의 방식은 전혀 포기하지 않고 기술혁신에 모든 것을 맡긴다. 나는 체념한다. 전기차와 핵융합과 ESG 경영과 우주 식민지에 나의 운명을 걸 수는 없다.

자본주의의 위기를 자본주의가 스스로 극복할 수 있을지 의문이다. 지구에 대한 식민주의가 낳은 재앙을 우주에 대한 식민주의로 해결할 수는 없다. 기후생태위기 대응은 억만장자 우주인이 아닌 80억 지구인이 주도해야 한다. 자본의 은혜를 기다리기보다는 제동을 걸어야 할 때다.

　내가 희망을 놓지 않는 것은 민주주의의 힘을 믿기 때문이다. 민중과 자연의 생명력은 똑같이 억세다. '민초'라는 말이 그래서 적절하다. 인류세가 닥친 것은 인류의 잘못이라기보다 근대 문명의 잘못이다. 우리는 그 혜택을 누리며 살아왔지만, 새로운 문명을 상상하고 이룩할 힘 역시 갖고 있다. 여태껏 이성을 숭배하면서 발달시킨 육식주의, 남성중심주의, 자본주의, 식민주의는 모두 지배형 문화를 공고히 한다. 자연에 위계를 부여하고 약육강식의 법칙을 정당화한다. 사회를 무한 경쟁으로 보고 패자에 대한 승자의 착취를 당연시한다. 하지만 지배자 문화는 원래 극단적일수록 지속 불가능하다. 폭군이 기승을 부리면 민중이 들고 일어나는 법이다. 인류세란 다름 아닌 인류가 폭군이 되었다는 뜻이다. 인간의 지배형 문화가 기후와 생태의 균형과 조화를 깨뜨렸다. 난세의 조짐이 만연하다. 우리는 정신을 똑바로 차려야 한다.

　의식의 진화가 불가피하다. 근대 문명에서 생태 문명으로, 죽임의 문명에서 살림의 문명으로, 지배형 문화에서 협력형 문화로 나아가야 한다. 인종, 성별, 계급뿐만 아니라 종을 초월하여 모두가 공존하는 사회를 건설해야 한다. 그러려면 일단 데카르트를 극복해야 한다. 이성만큼이나 감성, 생각만큼이나 고통에 집중해야 한다. 나는 생각하기에 존재하는 것이 아니다. 느끼기에 존재한다. 누군가 나를 때리고, 가두고, 옮기고, 죽이려고 할 때, "잠시만요! 저는 생각하는 존재니까 그러지 마세요!"라고 항변할 사람은 없다. "아파요!"가 당연하다.

"나는 느낀다, 고로 존재한다."

인권 보호에서 동물권 보호로 발전하기 위해 우리가 기억해야 할 명제다. 생각하는 소수가 아닌 느끼는 모두에게 자유를 보장해야 지구도 살리고, 동물도 살리고, 나도 살릴 수 있다. 인간중심주의를 탈피하여 진정한 협력형 문화를 이루기 위해 우리는 에고와 로고스를 잠시 접어두고, 억눌렸던 무의식과 에로스를 되살려야 한다. 경쟁과 거래와 싸움이 아닌 사랑과 협력과 조화를 위한 사회를 구성해야 한다. 개벽과도 같은 변화이지만 나는 충분히 가능하다고 믿는다. 지난 오 년간 대한민국의 페미니즘, 비거니즘운동이 이뤄낸 성과를 나는 똑똑히 보았다. 앞으로의 오십 년이 두렵지만, 솔직히 그만큼 기대되기도 한다.

내가 할 수 있는 일은 스스로 변모하는 것뿐이다. 사랑하는 능력을 키운다. 환대하고 경청하고 공감하고 돌보고 연대하고 지지하는 힘을 연마한다. 하나 되는 요령을 터득한다. 뭇 생명과 연결하고, 스스로 온전해지고, 분열된 로고스와 에로스, 정신과 육체를 통합하는 연습을 한다. 내 안에 우주가 있다는 마음으로 모든 존재와 파트너십을 구축한다. 그러다 보면 나도 어느새 죽임꾼에서 살림꾼으로, 사냥꾼에서 사랑꾼으로 바뀌어 있지 않을까? 나는 그렇게 살고 싶다.

2021년 가을
해방촌에서
전범선

살고 싶다, 사는 동안 더 행복하길 바라고

2021년 11월 10일 초판 1쇄

지은이 전범선
펴낸이 박영미
펴낸곳 포르체

편 집 원지연, 류다경
마케팅 문서희

출판신고 2020년 7월 20일 제2020-000103호
전 화 02-6083-0128 | **팩 스** 02-6008-0126
이메일 porchetogo@gmail.com
페이스북 www.facebook.com/porchebook
인스타그램 www.instagram.com/porche_book

© 전범선(저작권자와 맺은 특약에 따라 검인을 생략합니다.)
ISBN 979-11-91393-42-2 03810

여러분의 소중한 원고를 보내주세요.
porchetogo@gmail.com